薔薇與香檳

1

Roses AND Champagne

ZIG | IRpot | Zeng-Na Ge
Presents

장 미 와 삼 페 인

contents

Roses and Champagne

Jangmiwa Syampein

Caesar Alexandrovich Sergeyev & Jung Lee Won

第1章

快遲到了。

利元氣喘吁吁地在街道上奔跑著。平時很常會徒步一站地鐵的距離，今天卻有點猶豫，果然應該去搭地鐵的。他一邊跑，一邊在腦中快速計算，他賺的錢僅能糊口，哪怕只有一點，也要能省就省。

利元急忙確認了一下舊手錶，決定要再跑快一點。只不過是一站的距離，加油吧。這時北方冷冽的風無情地擦過雙頰，讓他不禁脫口罵出髒話。在快速擦身而過的建築物風景中，他突然看到一個高大的男人邊用手機講著電話，邊從對面走了過來。

糟了。

已經來不及了，快跑的雙腳控制不住速度，直接衝了過去。當他閉上眼睛的瞬間，短暫看到了男人轉頭看向自己的驚訝表情。

「哎呀。」

利元重重撞了上去，眼看就要毫不留情地摔倒在地，就在那零點一秒之間，男人發出短短的驚嘆聲，同時抱住了利元的腰。在極短的時間內，利元的呼吸整個被堵住，男人在剎那間將身體閃開的瞬間爆發力值得讚嘆，結果卻不理想。他抱住了差點摔倒的利元的腰，把他抓住雖然是好事，但是肚子突然被用力勒住，害利元反射性地想吐。

「很抱歉。」

利元好不容易抬起頭說出話來，卻意外發現男人的臉位置比自己高出很多，而在心裡嚇了一跳。利元算是高個子了，平時很少有抬頭看人的機會，但這個男人似乎比他高出了一個頭。

最先映入眼簾的是閃閃發光的淺金色頭髮。利元出神地看著被風吹拂、輕輕飄動的淺金色髮絲，急忙回過神來，垂下視線，發現有一雙銀灰色瞳孔凝視著自己。當他因鮮豔的銀灰色眼眸而聯想到雪原上的狼，不禁屏息的瞬間，男人開口了。

「你有沒有受傷？」

「啊，我沒事。」

利元趕緊回過神來，從他身邊離開，對欣然放開自己的男人笑了笑。他雖然找回了理性，卻依然無法從他身上移開視線。身材修長的高大男人被北方薄薄的陽光照耀著，彷彿全身散發著光芒。優雅的黑色西裝包裹著結實的肌肉，上面披著足足使用了四、五隻獸皮的長毛皮大衣，和穿著廉價西裝在街上瘋狂奔跑的利元簡直是無法相比得華麗。

這種男人怎麼會走在這麼破舊的小巷子裡呢？

他突然思考起這些事時，男人性感的嘴唇間露出潔白的虎牙。利元發現自己一直盯著他看而慌忙開了口。

「不好意思造成您的困擾。」

「不會。」

男人俯視著利元，以流暢的短句回應，眼睛眨都不眨地直盯著看的視線，讓利元有點不自在。

「那我先告辭了。」

利元隨口打過招呼想要離開，男人卻突然叫住他。

「等等。」

利元訝異地回過頭來，男人依然定睛在自己身上，說話了。

「你出門戴個墨鏡比較好吧？」

聽到他意外的話，利元眨了一下眼睛。他曾聽說過被雪反射的紫外線會比夏天強烈許多，在一年有一半都是冬天的俄羅斯來說，可能是理所當然的事情，但是他自己也沒戴墨鏡，卻對著第一次見面的人說這種話，而且他的銀灰色眼睛可是比黑色脆弱得多！難道他只是隨口勸告我的嗎？

利元想起毫不猶豫就能對陌生人說東說西的俄羅斯人個性，決定不把這些話當一回事。他露出不置可否的曖昧微笑後，很快回到自己差點遺忘的現實。

糟糕，簡直是大遲到。

男人站在原地，看著再次奔跑起來的利元。

「……」

說話的聲音從手機另一頭傳來，男人這時才拿起手機，開口道。

「啊啊，狄米特里，剛剛發生了一點意外……沒事，沒什麼大不了。」

他將視線固定在不知何時消失了的利元身影上，笑了一下。

「我剛剛看到了行走的A片。」

૭ ૭ ૭

「該死，妳聽不懂嗎？我說從今天開始這間店就是我們的了！立刻給我滾出去！」

粗野的男人們一邊大吼，一邊亂丟桌子和椅子。他們滿嘴髒話，讓中年女性滿臉痛苦地蜷縮在角落裡，啜泣著根本不敢反抗。不知不覺引來一群人圍觀，大家都竊竊私語、彼此互看，卻沒有人願意出面制止。男人們變本加厲地隨手抓起器具亂丟，大鬧一場。

「我不是說過不想死就要立刻清空離開嗎？我看妳是聽不懂人話，想被揍到聽懂為止吧？是嗎？妳想死嗎？」

看到拳頭終於要揮向女人了，圍觀的人發出大大小小的驚呼。突然，男人的手臂在半空中被阻擋住了，男人因意料之外的制止驚訝地轉過頭。

「什、什麼啊？」

一瞬間，刺入冷空氣的逆光映照出黑影。男人不自覺地皺起眉毛，快速眨了眨眼後才注意到阻止他的存在。

身材高挑的男人雖然有點瘦，但是他的體型非常適合穿西裝。纖細的五官輪廓搭配修長的骨架，優雅的肌肉剛剛好，不會太過發達也不顯柔弱。雖然斯拉夫民族不太適合混血，但可以從泛著藍光的黑色頭髮和特別深的黑色瞳孔，明確知道他有異國血統。

比一般人更高大的他，用湛藍到讓人聯想到冰河的冷冽視線俯視著比自己矮小的男人，對到視線的男人在這種情況下卻瞬間出了神。他第一次看到這麼美麗的男人，不，應該說連想像都從未想過。他的外表很明顯是個男人，但是怎麼能如此充滿吸引力呢？

他非常適合以「情色」一詞來形容，只是用冰冷的眼神瞪人就足以讓對方腿軟，本能引發的瞬間衝擊摧毀了男人的鬥志。他看著呆愣失神的男人，似乎很常經歷這種情況般，若無其事地開口。

「你這些行為是違法的，請依照合法的程序行事再過來。」

「什、什麼？」

「伊巴諾夫，你在做什麼?!還不快除掉他！」

和被抓住手臂的男人一樣，原本眨著眼睛的男人們全都回過神來大吼著，責罵著同伴。伊巴諾夫似乎對自己被男人迷惑感到羞恥，急忙用沒有被抓住的另一隻手臂揮拳，但別提打到男人了，他連揮都沒揮出去，就被男人抓住手臂反折到背後扭轉。

「啊、啊啊！啊啊！」

看到伊巴諾夫慘不忍睹地尖叫掙扎的樣子，男人們才慌張大喊著一擁而上。男人把伊巴諾夫推到地上，毫不猶豫地迎戰，往朝他撲過來的男人們身上拳打腳踢。

圍觀的人瞪大眼睛，不知該如何是好，只能屏息，但男人一打四的打鬥馬上得到了壓倒性的勝利。輕鬆閃過最後一個男人的飛踢後，他立刻伸出腳，朝著男人雙腳之間大大的空隙用力踢過去。隨著悽慘的尖叫聲響起，渾身是傷的男人們哭得可憐，一跛一跛地逃走了。

確認過最後一個男人的影子也消失無蹤後，男人才輕拍了一下西裝轉過頭來。這時還一直躲在角落、不知所措的女人和他對到視線，臉色瞬間發白，呼吸變得急促。

男人用熟練的動作整理西裝，走到她面前伸出手，露出溫柔的微笑。

「妳還好嗎？抱歉，我來晚了，因為地鐵故障，我跑了一整條街。」

她這時才發現男人的黑髮因汗水而黏在額頭上，但是女人依然遲疑著是否要握他的手，以滿是不信任和恐懼的眼神打量著他。

「你到底……你做了什麼？你知道他們是誰嗎？」

「我大概猜到了，但詳細的情況要等諮詢後才會知道。」

看到他微笑的臉，她非但不笑，還露出無奈的表情。

「你不知道他們是誰就插手了嗎？而且還動了手，你到底在想什麼……」

聽到女人感到荒唐地質問，他依然從容。

「因為我的信條是被打一巴掌就要扭斷對方的手臂。以牙還牙、以眼還眼，以暴力還暴力。」

她滿臉不信任地慢慢站起來，發抖的雙腳使不上力，但她不想握住男人伸出的手。

「不過你為什麼要幫我？找我有事嗎？」

看著仍舊沒有放下戒備的她，男人把手伸進西裝內側的暗袋。女人的呼吸立刻變得急促、全身僵硬，但他朝她遞出去的卻是名片。男人對預測錯誤而慌張眨眼的她開口了。

「抱歉這麼晚自我介紹，妳昨天有打到我的辦公室吧？我就是鄭利元。」

女人看著男人遞出來的名片，瞪大了眼睛，她無法置信地抬起頭來，他便用爽朗的笑容回應了。

「我是律師。」

第2章

建成百年的老舊五層樓公寓別說是電梯了，連可以承受每年冬天襲來的暴風雪都讓人覺得很不可思議，真的非常古老。搖晃打顫的窗戶就像是衰老的身體在咳嗽，但神奇的是竟然每年都撐了下來。

「你再撐著點，以後還要再活一百年呢。」

屋主奶奶用存了一輩子的錢買下這棟老舊公寓，因此對它擁有親骨肉般強烈的感情，總是像在對待孩子般，對著房子說話。每當窗戶被突如其來的強風吹得陣陣作響，她就會撫摸著窗框喃喃自語。利元看著老太太的背影，熟悉的景象讓他露出苦笑。

「這棟公寓活得比奶奶還久。」

聽到聲音轉過頭的奶奶眼睛裡映照著利元的微笑。

「也比你活得長。」

利元立刻走上前，親吻了如往常般稍稍斥責他的奶奶的白髮。

「我回來得有點晚，今天沒什麼事吧？」

「還能有什麼事，我剛煮好晚餐了，你洗個手就下來吧！」

利元沒說什麼，只是點點頭，立刻通過和廚房相連的後門上樓。就算是腿很長的利元，百年建築的陡峭樓梯也不好對付，對有關節炎的奶奶來說更是如此。

幸好面對馬路的一樓，老舊咖啡店的後方有連到奶奶的小房間，利元的房間在那上頭。利元的身體天生輕盈，要爬任何陡峭的樓梯都不成問題，但走在這個老舊的樓梯上，卻屢屢感到緊張和刺激。

原本他住在最高樓層，但去年冬天奶奶突然昏倒之後就搬到了二樓。那之後利元就不會從建築物的另一扇大門出入，而是從咖啡店後方上去自己的房間。他自從換房間之後，每天都會觀察奶奶的狀態，順便報告自己回家了，這已經成為他的習慣了。幸好那天之後奶奶的健康狀況都沒有惡化的跡象。

利元回到辦公室兼住家的房間之後，立刻脫下西裝，換上舊毛衣和舊牛仔褲。他只有兩套西裝，因此每次都要打理乾淨，下次才能穿。他熟悉且快速地整理好西裝，掛進衣櫥裡後，再次下樓。

「有沒有需要幫忙的？」

聽到利元的詢問，奶奶瞄了一下，答道。

「把餐具放到桌上，別忘了先擦桌子。」

雖然每次都嘮叨一樣的事情，但利元沒有抱怨，接過她遞出的溼抹布擦了擦桌子。這種事情也像是生活中的一種習慣，他當初來到俄羅斯後就一直寄宿在這裡，在就讀法律系時也時常抽空幫忙咖啡店的工作。

而現在也一樣，一開始冷漠無比的奶奶過了一段時間、變熟之後，就變得像是自己親人般溫暖，不只是吃飯，各種大小事都會幫忙。利元知道瑣細的嘮叨裡藏有愛情，因此從來沒有抱有過不滿。

現在就像是血脈相連的家人一樣，每天一起吃兩、三頓飯已經成了日常。跟利元一樣，對孑然一身的屋主奶奶而言利元就像是她的孫子，利元也把她當成親奶奶一樣真心對待。

當利元看到奶奶她那雙就像是在訴說過去的歲月般，充滿皺褶粗糙的手裡拿著很大的鍋子，並放到桌子上時，他開口問道。

「今天的晚餐是燉肉嗎？看起來很好吃。」

奶奶拿手的燉肉是在肥豬肉中加入大蒜調味的俄羅斯傳統料理，每個禮拜一定會上桌一次。從來沒有抱怨過食物的利元，不論她端出什麼料理都會津津有味地吃著，讚不絕口。雖然那出自於他對奶奶特別的愛，但也有某些成分是因為他天性溫柔。

奶奶沒有多說什麼，把裝滿麵包的籃子放下來，坐在他對面。利元看到她閉上眼睛，也默默闔眼，雙手合十。

「親愛的天父，謝謝您今天也賜下日用的飲食……」

跟大多數俄羅斯人一樣，她也是正教的信徒。利元雖然接近無神論者，但不想因用餐前的禱告惹她不開心。短暫地禱告完後，奶奶將食物盛在碗裡放到利元面前，說話了。

「今天去處理的事情怎麼樣了？沒出什麼大事吧？」

利元負責的案件大多都是幫忙孤苦無依的窮人，就算打贏官司也無法期待能拿到很多酬勞，輸了就只會留下苦澀，這次也沒有太大的不同。

「對，我只是簡單幫個忙。雖然還要再觀察一下，但似乎可以守住店面。」

「太好了。」

「不過這次可能也無法拿到很多委任費。」

聽到他的話，奶奶嚴肅地瞄了他一眼。

「那是當然的吧？懂法律的人不能期待賺大錢。」

因為那關乎別人的人生。

打從奶奶知道利元是法律系的學生開始，她永遠都說同樣的話。就算不聽接下來的話，利元也已經知道了。他默默露出微笑後，又盛了一些食物在空盤子上，奶奶將馬鈴薯沙拉推到正在撕麵包的利元面前，說話了。

「尼可萊來過了。」

那是指住在三樓的男人，已過中年的他努力工作存錢建蓋的工廠，最近很無奈地要拱手讓人，才會來請求他的幫忙。

「我吃完飯就上去找他。」

奶奶看到利元簡單地點個頭結束話題，把馬鈴薯沙拉盛到盤子上吃了幾口。

「……果然沒那麼容易吧？」

聽到奶奶打破沉默的問話，利元不想用艱深的話讓奶奶擔心，只是靜靜吃著燉肉。但他知道超過八十歲的女人察言觀色的能力，簡直堪比動物。

「我打算明天親自去茲達諾夫先生的辦公室談談看。」

他簡單地說完，奶奶就不再追究，沒有再看他了。奶奶吃了一口馬鈴薯沙拉，想再開口時，卻被利元搶先了。

「我想要泡個茶，還是要拿伏特加出來？」

聽到他故意轉移話題，奶奶一陣沉默後點了點頭。

「伏特加好了。」

「好的。」

利元把用完的餐具拿到廚房，從櫥櫃裡拿出剩下半瓶的伏特加。奶奶平常吃飯就會配點小酒，利元倒了杯伏特加給奶奶，在白髮上親吻後說道。

「那我去找尼可萊了，很抱歉無法幫忙收拾。」

「沒關係，你別太勉強自己了。」

「好。」

打完日常的招呼後，他打開廚房後方安全梯的門。

「利元！」

聽到再次叫他的聲音，他轉過身去，奶奶用嚴肅的表情說話了。

「不要抽菸。」

利元瞬間愣住了。她輕輕瞄了他一眼，就像是在說「我就知道」。他尷尬地笑了一下，把皺皺的菸盒從口袋裡掏出來放下，拿起暖爐上的火柴盒咬了一根火柴來代替。奶奶看著利元咬著火柴轉身離開的背影，露出苦笑後，很快便開始忙碌地收拾起餐桌。

呼呼、呼啊、呼。

粗重的呼吸聲擴散開來，小巷子之間雜亂的腳步聲爭先恐後地敲打著耳朵。綿延不斷的老舊紅磚建築如蜘蛛網般在小巷子裡相連，陰森的影子拉得很長。

他知道自己已經逃不掉了，可是本能要求他不斷逃跑。男人上氣不接下氣地喘著氣，拚命撐起無力的膝蓋站起來。瞬間，不曾有過的感受穿越腦髓鑽進來，那搞不好是感受到危機的本能發出的垂死尖叫。

砰——

在陰暗的巷子裡擴散的轟鳴迅速穿梭於老舊的公寓之間，逃命似的鑽出小巷子。發出猛烈急促的第一個聲響之後，接連傳出幾次巨響，最終剩下些微的顫動無法到達道路的盡頭，失去力量消散在空氣中。

在隱約的聲響中，停著一輛瀰漫沉重氛圍的黑色轎車。坐在後座的男人聞著熟悉的皮革味，悠閒地靠著椅背，慢慢吸入雪茄的香氣。約莫燃燒一半的雪茄末端微微燒紅，厚重的菸灰承受不住重量，眼見就要掉落的瞬間，男人抓住空隙，輕輕把雪茄灰彈落在菸灰缸裡。

抖落菸灰的雪茄用輕盈的身體再次回到他張開的嘴唇時，某人俐落地敲了兩下貼了深色隔熱紙的車窗。男人沒有回答，但敲窗的男人似乎就像平常那樣，隔了一會就自己開門進入車子裡。

「都處理好了。」

尤里西短暫地報告後，拿出手帕擦手。男人只是瞇著眼睛看他，銀灰色的眼眸在黑暗中發出毛骨悚然的光芒。尤里西繼續報告道。

「剩下的將由伊班接手處理，三天就夠了。」

聽著尤里西充滿自信的報告，男人依然不發一語。難道他是在不耐煩嗎？為了這種理所當然的事情，竟然浪費這麼多時間。尤里西不再說話，緊張地等待他的反應。

凱撒・亞歷山卓・賽格耶夫。

他是掌握俄羅斯全境的大型黑手黨之一、賽格耶夫派的下一任首領。他作為現任首領的獨子，從小為了接任而經過徹底的訓練，從以前開始就無法得知他在想什麼。他正式的名字是凱撒，但沒有人那樣叫他，大家都用凱撒的俄羅斯式發音稱呼他「沙皇」，可謂是黑社會的皇帝。他的父親薩沙還沒有引退，但實權幾乎等於都落在他手上了。

他無動於衷的表情和口氣，讓人完全無法得知他內心的想法。

除了狄米特里，連自認是親信的尤里西也很難推測他的想法。這次尤里西也看著深吸一口最愛的雪茄，慢慢將菸吐出來，沒什麼反應的凱撒側臉，焦急地想要探究他的想法，不過除了等待之外別無他法。

這麼做到底對不對？沙皇還滿意嗎？

叛徒絕對不可原諒，理所當然要即刻處決。

他該不會是有其他想法吧？那樣的話應該會下令禁止……他到底在想什麼呢？

凱撒根本不理會尤里西內心的焦急，只是抽著雪茄，他抽完雪茄之後才再次開口。

「話多就會早死。」

這句話就像是看穿了尤里西的內心，但那也是在指告密者。尤里西像是同意他的話般點了一下頭。他將抽完的雪茄混進菸灰缸中熄掉之後，輕輕敲了車窗。專心待命的司機立刻開車出發，駕駛座和後座之間接著出現厚厚一層隔板，在幾乎成為密室狀態的車內，凱撒開口了。

「茲達諾夫的事情怎麼樣了？」

聽到幾乎感受不到抑揚頓挫的低音，尤里西立刻回覆他準備好的內容。

「很順利，一如預期地有所抵抗，但應該不會拖太久。」

「比我想像中要久啊。」

聽到凱撒簡短的回答，尤里西緊張地開口。

「很抱歉，因為出現預料之外的變數，才比預期時間長了一點，不過很快就會如我們期待的那樣有結果的。尼可萊似乎相信那傢伙，一直死撐著，但反正……」

「哪個傢伙？」

冷漠的聲音打斷不知何時變得像辯解般的話語，揪出了一個單字。尤里西的表情不太情願，但面對無法逃避的問題，他只能回答。

「他是律師。」

在一閃而過的路燈下，凱撒的淺金色頭髮閃閃發光，陰影同時落在他立體的五官上，清楚顯現出他皺起的眉頭。

「律師？」

第3章

通宵查著資料，直到凌晨終於闔眼的利元，早起梳洗後走到樓下的咖啡店。

「這麼早就要出門了嗎？」

屋主奶奶準備了熱騰騰的茶和麵包問他，他點點頭。

「上午我要去辦事，下午要去處理尼可萊先生的事情。」

「辦什麼事？為了那件事嗎？」

奶奶知道利元來到俄羅斯的原因，對於奶奶沒有明言丟出的話，他爽快地回答了。

「對，好不容易找到媽媽過去住處的屋主，我想去確認地址。」

她點點頭，遞給他一個麵包。

「希望這次能找到。」

利元露出微笑回答。

「是的，希望如此。」

他不再說話，立刻開始用餐。已經過了將近三十年的時間，利元也不認為能找到那個人，再加上他所知道的只有再尋常不過的名字，幾乎沒有可能。不過就算不期待，也很難放棄希望。利元不想因為猜測，還沒起頭就變得無力，因此甩開腦中的想法，比平時更用力地嚼著麵包。

໑ ໑ ໑

光是聽到市議員辦公室位於市區新建好的大樓，就讓人足以感受到他的地位。只要是住在俄羅斯的人，一定都聽過他的名字，他不只有錢有勢，從以前到現在都一直是擁有莫大影響力的重要人物。當然，他身後有不可或缺的靠山。

「您覺得如何呢？我聽尤里西說似乎很順利。」

茲達諾夫就像是討好般，以溫柔的語調試探性地詢問了。凱撒拿開嘴邊的雪茄，吐出長長的一口菸。從窗戶灑進來的陽光拖曳在寬大的辦公室裡，影子映照在男人擦拭乾淨的手工皮鞋上。

他來到這裡已經過了二十分鐘，卻連一句話都沒說。雖然是茲達諾夫自己硬把沒時間而拒絕前來的凱撒叫過來的，但面對這種情況還是很尷尬。凱撒十分露骨地表現出被叫來這裡的不悅。

茲達諾夫在凱撒抽完雪茄前，必須拚命利用剩下的一個小時，一定要得到明確的答案。

「我欠薩沙很多人情，彼此可說是無法割捨的關係。」

茲達諾夫悄悄提出關於他父親的事，觀察他的反應，但他根本無動於衷，態度就像是在說那又與我無關。茲達諾夫的心裡湧上一把火，但也束手無策，威脅的手段對那個男人行不通，任誰都知道只要在俄羅斯惹了那個男人，不到一個小時就會陳屍街頭。他必須配合他的心情，引出他想要的答案。

「薩沙可能也知道，我說到一定會做到。這次的事我也會給予豐厚的謝禮，還請多多協助。」

這次他沒有婉轉或迂迴，直接拜託，可是凱撒依然沒有給予任何回應。焦急的茲達諾夫再次開口了。

「沙皇，我需要明確的答覆，請您說句話，這件事也不能一直拖下去。」

到目前為止沒說一句話的男人抽了一口雪茄，對著終於表達出不滿的茲達諾夫吐出長長的菸。就像是吹口哨般穿越空氣噴出的白色煙霧讓茲達諾夫嚇了一跳。那時凱撒終於正眼看了他，依然是沒有微笑的冷漠表情。

「茲達諾夫議員，我很忙，你把我叫來這裡，只是為了抱怨嗎？」

「你說什麼？」

茲達諾夫聽到他傲慢的提問，氣得快腦充血了，幸好凱撒搶先一步。

「如果是沒有把握的交易，我一開始就不會接受。你是知道這點才會委託我的，不是嗎？」

「可是……」

茲達諾夫本來想抱怨，猶豫之後卻放棄了。他接著說：

「很抱歉，可能是我太焦急了。因為不在預期中的傢伙介入，讓事情變得有點麻煩。如果您願意處理，應該很快就可以解決……」

凱撒慢慢把雪茄拿到嘴邊問了。

「你是指那個律師嗎？」

叮咚。

聽到電梯抵達的聲音，利元抬起頭來，最新的高速電梯門接著打開，裡面是乾淨到讓人不自在的寬敞空間。這裡跟利元住的老舊公寓根本無法相比，新大樓的電梯散發著冷漠且精巧的光，足以將利元按下樓層的臉映照得明亮。

利元拿著密封的文件信封，檢查自己映照在電梯上的樣子。頭髮和西裝都很完美，這件事情連小地方都得注意不能被挑毛病，如果想到對象是誰就更是如此。

這幾天利元都聽尼可萊混著牢騷的說明聽到很晚，簡而言之就是「對方想用偽造的文件搶走他用血汗建蓋的工廠」，情況卻沒那麼容易處理。

最重要的是對象不好惹，只看文件擺明就是偽造的，即使不用利元出面，任誰來看都知道絕對行不通，問題是偽造文件的對象。

格奧爾格．茲達諾夫，前KGB[1]，還是現任市議員。

他以龐大的財產和人脈恣意進行違法行為，用這種粗製濫造的文件，茲達諾夫就足以搶走工廠。利元也覺得勝算不大，但如果不努力對抗到最後，就這麼放手就太讓人不甘心了。

電梯聲響再次響起，過不久電梯門打開了。如同電梯內部，走道也一樣在發亮，利元看到後顯露出了嫌惡。

「請問有什麼事嗎？」

祕書從位置上站起來，他立刻回答。

「我來找茲達諾夫議員，我想要親自交付這封文件。」

咚咚。

聽到敲門聲，茲達諾夫轉過頭去，祕書走進來恭敬地低頭說話了。

「很抱歉，突然有客人來訪。」

1　KGB：為俄語「國家安全委員會」的簡寫，是二十世紀後期蘇聯的情報機構，存在期間被認為是全世界效率最高的情報機關。

「客人？」

聽到茲達諾夫的詢問，她為難地回答了。

「那個……」

「很抱歉，議員，我雖然沒有事先連絡就跑來了，但您應該不會把我趕走吧？只要是住在這裡的市民，據我所知都有資格見議員，我沒說錯吧？」

流暢地說出一連串話後，茲達諾夫看到男人從祕書的後方現身，表情立刻變得很難看。黑頭髮的律師朝著他微笑。

「百忙之中打擾不好意思，我想交付一個文件，但您似乎有約了……」

就像是已經準備好的臺詞，利元滔滔不絕地說著卻突然打住了。他看到辦公室各處灑落的陽光，映照著坐在典雅沙發上男人，下午懶洋洋的陽光讓男人的淺金色頭髮泛著銀光。

穿著深銀色細條紋西裝的男人翹著長腿，抽著粗雪茄看著利元。獨特的深銀灰色眼眸像是要看穿利元全身般冷漠地凝視著他。利元知道他是誰，不，他記得他。沒有人能忘得了給人如此強烈印象的男人吧？

泛著銀光的淺金髮和深銀灰色眼眸讓人聯想到西伯利亞灰狼，和前幾天偶然相遇時一模一樣。一開始遇到他的那種不和諧及壓迫感，利元再次用全身感受到了。

幾秒的沉默尖銳地劃過凝結的空氣。如果有人吞了口水，那個聲音應該會在辦公室裡驚悚地擴散開來。沉重的寂靜過後，利元最先開口。

「很抱歉打擾到您。」

利元微笑著，非常大器且毫不猶豫地打破這個令人窒息的緊張感，好聽的中低音擴散開來。面對無言凝視他黑色眼睛的灰狼，利元不害怕也不退縮地繼續說道。

「這是我要提交的文件，上次我向您提過了，但您還沒有回覆，所以我這邊想要先開始進行。這是提出異議的申請書，還有這個是法院的停止強制執行狀。相關文件我也一起附上了，等您有空再慢慢看。」

茲達諾夫看著爽快地做著說明和遞出信封的利元，臉色一陣青一陣白，他用充滿殺氣的眼神瞪著利元，利元反而大膽地笑著看他，那無疑是對茲達諾夫的挑釁。茲達諾夫壓不住怒火，對他露出獠牙。

「只不過是個菜鳥律師，卻想跟我較量？」

聽到這個與威脅無異的質問，利元卻神態自若地回答。

「身為菜鳥的我也知道的事實，我想議員不可能不知道，那麼工廠的事情應該會順利收尾，太好了。」

茲達諾夫的額頭爆出青筋。聽說他的血壓很高，這下糟糕了，利元心想雖然他倒下了，自己也不會感到遺憾，但要是變得麻煩就不好了。利元決定就此告退而轉過頭去的瞬間，坐在舒服的真皮沙發上，悠閒地翹著二郎腿抽著雪茄，泛著銀光的男人映入眼簾。

直到這時為止，凱撒連一刻都沒有從利元身上移開視線，從他走進辦公室的瞬間開始便一直直視著自己，他的銀灰色眼眸強烈到甚至讓利元有皮膚刺痛的錯覺。

利元假裝專心面對茲達諾夫，故意忽視他，現在卻掩飾不下去了。第一次正式和他四目相對之後，視線一直停留在利元身上的凱撒瞇起了眼睛。凱撒沒有尷尬地一笑或假裝沒看到，反而用銀灰色的瞳孔露出「你現在打算怎麼辦」的驚悚眼神定睛看著利元。

利元可以像到目前為止那樣無視他，直接離開，利元卻選擇跟他對話。

「你好，我叫鄭利元，我是一名律師。」

他用特別清楚的發音介紹自己後，從西裝的暗袋掏出名片，當然也沒忘了要露出微笑。

「請多多指教。」

就像是初次見面的人，他很有禮貌地打了個招呼。他不想對偶然的短暫碰面多說什麼，因為他甚至不知道，對方是否記得那不到一分鐘的偶遇。

現在對他而言最重要的是這個男人究竟是誰，可以單獨和茲達諾夫議員會面，而且絲毫不受他突然的闖入影響，只是靜靜注視著他。

不會是傳聞中跟茲達諾夫聯手的黑手黨吧？

利元快速轉動腦筋，對自己的想法大致上有了確信。茲達諾夫的非法行徑廣為人知，而且在俄羅斯內擁有權力和富貴的人幾乎都和黑手黨有關。他想知道的是這個男人是屬於哪一個組織的哪一號人物。

看到利元一動也不動，露出彷彿在問「你是誰」的眼神，一直沉默著的男人開口了。

「我叫凱撒。」

利元收下隨著話語遞出的名片，心想他是不是外國人，不過再怎麼看都很顯然是俄羅斯人。名片上的名字也不是沙皇(czar)而是凱撒(ceaser)。利元覺得很神奇，心想他怎麼會叫凱撒，等待了一下，但是沒有下一句話了。凱撒只是抽著雪茄，透過煙霧看著他。

面對嘲弄的視線，利元沒有生氣，反而採取慎重且冷靜的態度。他輕輕點了頭後，這次真的離開了辦公室。他也沒有忘記要鄭重地跟茲達諾夫道別。輕輕關上的關門聲在辦公室內響起，然後再次恢復寧靜。

「那個放肆的傢伙，竟敢在我面前……！」

茲達諾夫在他離開後怒火爆發，隨著大吼把利元帶來的信封丟了出去，然後立刻回頭對著凱撒吼道。

「你看，就是那種傢伙！他竟敢挑釁我！我早該修理他的！……你有在聽嗎？該死，凱撒！要是不管他的話，他肯定會把事情搞砸的！」

茲達諾夫因為太過激動而直呼了凱撒的名字，當他發現自己說錯話時已經來不及了。不過幸好凱撒沒有很介意，搞不好他根本就把茲達諾夫說的話當耳邊風。茲達諾夫急忙乾咳兩聲，調整語氣再次開口。

「沙皇，你打算放過那傢伙嗎？他一定會成為大麻煩的，在那之前一定要先挫挫他的銳氣，不然不知道會發生什麼問題。他以後一定會惹出麻煩的，先把他除掉比較好。」

茲達諾夫努力冷靜地說服凱撒，但凱撒依然什麼都沒說。他終於把長雪茄全部抽完之後，慢慢吐出最後一口菸，呢喃似的低聲開口，視線依然固定在利元離開的門上。

「原來如此。」

6 6 6

離開辦公室的利元立刻走向走道盡頭的洗手間。如同整棟大樓的所有空間，他走進擁有最新設備且整潔時尚的洗手間裡，打開水龍頭挽起袖子洗臉。

洗了幾把臉後，終於讓自己清醒了一點。他看著鏡子裡自己的黑色瞳孔，顏色比平時更加陰暗。他短短嘆了口氣，抬起頭來抽取牆壁上的擦手紙，想要擦手時卻停住了。手臂上的寒毛豎了起來，這時利元才領悟到自己初次感覺到的奇妙感受的真身。

那一瞬間，毛骨悚然的感覺再次傳遍全身，寒冷的空氣吹進了腦海。只不過是與那個男人對視而已，全身竟然就起了雞皮疙瘩……利元慌忙地用擦手紙擦了擦蒼白的臉，皺了一下眉頭。

「真的沒那麼容易呢……」

第4章

利元的身體雖然比其他人輕盈許多，但是老舊的樓梯還是會發出沉重的埋怨悲鳴。或許是不忍心聽到樓梯發出的慘叫聲，利元養成了一腳才踏出去，另一腳又立刻踏上階梯，彷彿用飛的一樣跑上去的習慣。

他一如往常地踏出比樓梯嘎吱作響更輕的腳步聲上樓，看到站在自己房門前的中年男子後停住了。

「尼可萊叔叔，你是什麼時候來的？」

他親切地邊搭話邊走了過去，聽到腳步聲抬起頭來的男人焦急問道。

「聽說你今天去見茲達諾夫了？怎麼樣？跟他談過了嗎？他說了什麼？」

雖然明白他的急切，但這件事不適合在門口聊。利元沒有回答，而是翻了翻口袋拿出鑰匙，插進難以轉動的鑰匙孔裡。各處都變得老舊的大樓，鑰匙孔也不例外，如果不是利元住了多年，已經很熟悉了，即使有鑰匙也會很難開啟。聽到兩、三次「喀嚓」聲之後，門打開了，利元回過頭對尼可萊說。

「我們到裡面說吧。我剛好有紅茶，真是太好了。」

尼可萊猶豫了一下，立刻跟著利元走進家裡。公寓裡只有一個房間、客廳、浴室兼洗手間的狹窄空間，利元把客廳當作辦公室，房間當作臥房來使用。打開大門之後，利元請尼可萊到開門就看得到的辦公室兼客廳稍坐，他從狹小的廚房中拿出水壺煮水，並拿出了茶杯。

他拿出客用茶杯和自己的馬克杯，先用熱水燙過杯子後倒入紅茶。上次幫忙趕走鬧事流氓得到的紅茶雖然並非高級貨，但是香氣很不錯。加入適量的白蘭地再倒入牛奶，應該會很好喝。

「要不要加牛奶？」

「不用了，給我一片檸檬就好。」

利元從冰箱裡拿出檸檬，放入一片之後，倒了熱紅茶給尼可萊，幫自己做了一杯加入白蘭地和牛奶的奶茶，回到了尼可萊等待的客廳。

「如果先從結論上來說，可能會比預期的更加困難。茲達諾夫那邊有隱藏的王牌。」

「什麼王牌？」

尼可萊沒有喝利元遞過來的紅茶就開口道。利元嘗了口奶茶後，不禁皺了皺眉頭，他放入太多白蘭地了。

「茲達諾夫看樣子不會輕易罷手，這是當然的，他打從一開始就不想做任何妥協，可能連最低限度的補償金都不會有。」

「你在說什麼？到底是誰……」

急忙說話的尼可萊突然停住了。

「……不會是黑手黨吧……？」

尼可萊用連呼吸聲都壓低的聲音半信半疑地詢問，利元冷靜地點點頭。

「雖然不是很確定，但我看到他和一個不尋常的男人在一起，他叫做凱撒，你知道他是誰嗎？」

尼可萊露出慌張的表情搖了搖頭，他的臉上已經沒有一點血色，利元猶豫之後開口了。

「我以前就有聽說過茲達諾夫議員背後有黑手黨的傳聞了，那可能是真的。我打聽了一下……很有可能是賽格耶夫派的，那個男人可能是個幹部。」

利元拿出從男人那裡拿到的名片給尼可萊看，當他看到用金箔印下的字，原本就微弱的呼吸聲完全停住了。利元看到他的臉色頓時變得慘白，感到同情和不知所措。

勝負已成定局。茲達諾夫已經夠難對付了，竟然還有俄羅斯最大的組織之一賽格耶夫派介入。名片上大方蓋著賽格耶夫的紋章，代表他是組織內的高階幹部。幹部親自來到辦公室談話，代表事情已成定局，尼可萊將失去一切。

尼可萊用顫抖的手將茶杯拿到嘴邊，滿滿的紅茶隨著晃動灑了出來，他卻沒有察覺。

他發出聲音喝了紅茶之後，終於稍微冷靜下來。光是聽到賽格耶夫的名字，尼可萊就已經喪失了所有鬥志。

「那麼現在該怎麼辦才好？」

他是在問未來該怎麼活下去。還小的女兒和即將臨盆的太太，還有沒有幾名的工廠員工，絕不能失去之人一一浮現在尼可萊眼前。利元看著這樣的尼可萊說道。

「沒辦法守住工廠，不過……」

「不過？」

尼可萊對於另有替代方案的事實感到訝異，瞪大了眼睛，利元慎重地開口了。

「不能就這樣被搶走，所以只能叫他付錢。」

「叫他付錢？」

聽到意外的話，尼可萊驚訝地重複利元的話。利元點點頭繼續說道。

「對於非法取得工廠要求損失賠償。當然，茲達諾夫那邊絕對不會妥協，我想不太可能說服他，可是……」

「可是？」

尼可萊著急地催促他繼續說，利元瞇起眼睛。

「黑手黨那邊可能不一定。」

666

「這是茲達諾夫議員送來的禮物。」

尤里西拿出包裝好的小長方形盒子。凱撒扯開精緻包裝的緞帶，不耐煩地打開了盒子，裡面是知名品牌最新上市的限定版鋼筆。

限定一百枝的鋼筆，一小時內就銷售一空，現在已經買不到了，拍賣市場上的價格也幾乎是原價的十倍，但連那個都難得一見。上面還用鍍金的方式刻著名字的縮寫，尤里西看著凱撒注視鋼筆的樣子開口了。

「這是您在找的物品呢？茲達諾夫議員怎麼會知道呢？」

他一定是向「某人」打聽到凱撒有收集鋼筆的嗜好，而且還巧妙地找到、入手了他少數沒收集到的鋼筆，那代表「某人」非常了解凱撒。

看到瞄向自己的銀色瞳孔，尤里西不自覺地打了個寒顫。糟糕了，他後悔卻已經來不及了，因為他幾乎等於不打自招。就算裝蒜，可能也早已被凱撒識破了。

「我說過我討厭話多的男人。」

凱撒低聲說著，打開鋼筆的蓋子，尤里西急忙低頭道歉。

「很抱歉，是茲達諾夫議員問我該送您什麼禮物才好，我認為告訴他這個應該沒關係，才……我以後會多加注意的。」

凱撒沒有反應。尤里西觀察了一下他的臉色，遲疑地開口。

「他說這只是見面禮，等事情解決後會另外再提供謝禮。請問您不喜歡這東西嗎？」

凱撒乾脆地吐露心聲。

「不會，我很喜歡。」

尤里西雖然覺得意外，但臉色頓時明亮了起來。凱撒根本不看那樣的他一眼，視線停留在鋼筆的筆尖上歪了嘴角。

「所以不太高興。」

尤里西瞬間感受到腦髓凍結的感覺，腦袋同時變得一片空白，任何奉承或辯解的話都說不出口。

他惹惱了那個男人。

恐懼到發乾的嘴巴吞下沉重的一口氣時，粗重的敲門聲傳來，過不久守在辦公室門口的手下進來了。

「打擾了，沙皇，有客人來訪，聽說他跟您有約。」

尤里西在內心感謝湊巧來訪的客人，他鬆了一口氣之後急忙轉移話題。

「是誰？我應該已經確認過沙皇今天的行程了。」

「對，我看他確實連絡過了，但沒有寫在行事曆上。他說是關於茲達諾夫議員的事情，自己是尼可萊還是誰的律師，要來找『凱撒』。」

聽到他小心翼翼地說明，尤里西立刻回頭看向凱撒，試圖說明。

「就是上次我提到的……」

「說我不在。」

凱撒似乎覺得沒有必要聽，他打斷尤里西的話。

「關於那件事我不需要聽他說，我也無話可說。他想做什麼隨便他，反正不能改變什麼。」

「遵命。」

聽到凱撒無情地說完，手下急忙低頭離開辦公室，尤里西連忙在不惹到他的前提下說道。

「茲達諾夫議員希望以後由我們出面處理，您打算怎麼做呢？」

「把這個還回去。」

他沒有回答尤里西的問題，尤里西瞄了凱撒放下的鋼筆一眼，說道。

「不過聽說這是特別訂製的，這種程度的東西收下應該沒關係吧？而且茲達諾夫議員有可能會誤會，認為我們在無視他的誠意而不開……」

突然聽到一陣吵鬧聲，讓尤里西無暇接著說下去。嚇一跳的尤里西反射性地從座位上站起來，凱撒也將視線投向門口。隨著用腳踢門的粗暴聲響，門打開了，尤里西立刻從懷裡掏出貝瑞塔手槍指向門口。他看到出現在門口的男人，驚訝地瞪大眼睛。

「凱撒先生，看來您很忙呢？」

迷人俊俏的律師微笑著說道，讓尤里西不自覺地失神望著他。

寬敞的辦公室裡一陣寂靜。在預料中的打鬥之後，利元故意在他們面前整理了凌亂的衣服，開口道。

「很抱歉如此無禮，因為我也很忙，無法一直空出時間，不得已才這麼做的。我事先打過電話，您卻老是說謊說您不在，我也沒有其他辦法。」

凱撒沉默地看著微笑的利元。特別黑的頭髮上只有被光照射到的地方泛著微妙的藍光。細長的單眼皮一微笑馬上就會如新月般傾斜，看起來特別性感。修長的手指頭整理好領帶，撥了一下掉落的頭髮，凌亂的打扮立刻變得端正，不過很不幸的，他看起來反而變得更加頹廢了。

衣服亂得皺巴巴的可能還比較好，不然就不會引發想把端正的襯衫撕破，用領帶把他的手綁起來的強烈欲望了。

不自覺地發出吞口水聲的尤里西終於回過神來，慌忙地把手槍收起來。

「沙皇。」

對於詢問他該怎麼辦、呼喚他的聲音，到這時為止一直凝視著利元的凱撒開口了。

「我說過我不想見你。」

「我也說過我只有現在有時間。」

沒有透過尤里西，利元立即回答他之後大步走向前，挺直腰桿俯視著凱撒。

「上次我有跟你打過招呼吧？關於茲達諾夫議員想要強占工廠的案件，我想你對於他有相當大的影響力，沒有錯吧？」

聽到利元單刀直入地切入正題，翹著二郎腿、靠在一人座牛皮沙發上的凱撒漫不經心地從懷裡掏出雪茄盒。

「是嗎？我不知道。」

看到他剪著雪茄的末端，尤里西急忙拿出打火機幫忙點火，利元看了他一眼後說道。

「我們在茲達諾夫議員的辦公室見過面，您不記得了嗎？我明明有遞過名片和自我介紹。」

對於控制得宜、口齒清晰的提問，凱撒不知是故意還是在回憶，沒有即刻回答，只是深深吸了一口雪茄。經過幾秒的空白，他吐出長長的菸，終於開口了。

「有那種事嗎？真遺憾，我不記得了。因為東方人的臉看起來都差不多。」

那句話讓尤里西「噗哧」地笑了出來，凱撒面無表情地嘲弄了利元。下一瞬間，利元做出的事情出乎所有人意料。

「……?!」

利元迅速伸手搶走桌上的鋼筆，尤里西根本來不及阻止，事情就在一眨眼的瞬間發生了，鋼筆尖銳的筆尖粗暴地刺進厚厚的沙發皮裡，發出空氣爆開的聲音。

嚇得憋住呼吸的尤里西蒼白的視線那頭，凱撒依然靠在牛皮沙發上，叼著雪茄和瞪著自己的漆黑瞳孔四目相對。凱撒的視野裡映照著岌岌可危地擦過太陽穴刺進沙發的鋼筆，還有用力握著鋼筆的細長手指。

遠遠無法以大膽來形容，簡直是吃了熊心豹子膽的這個男人，竟然將鋼筆刺在了凱撒・亞歷山卓・賽格耶夫的臉旁邊。

尤里西因為受到衝擊，腦袋一片空白。這時，壓低身體，彷彿要撲向凱撒的律師開口了。

「這下應該記得了吧？」

他低沉的聲音讓尤里西只是張開嘴，說不出一句話。依然不發一語的凱撒慢慢開口了。

「啊啊。」

銀灰色的瞳孔變深了。

「這下我明確記住了。」

凱撒安靜低沉的聲音打量全身似的穿透過去。默默瞪著他的利元挺直了身體，端正站直地俯視著凱撒，突然露出了微笑。尤里西又嚇了一跳，他爽朗的微笑宛如剛剛什麼都沒發生一樣，低頭看著凱撒。

「那麼我可以繼續說了嗎？」

一片靜默。利元面對不發一語，瞇著眼睛凝視自己的凱撒開口道。

「茲達諾夫議員想要強占我委託人的工廠和土地，我是為了這個而來的。雖然是我的猜測，但您似乎在幫他的忙。」

利元故意停頓了一下，但凱撒沒有回應，只是用「所以你想說什麼」的微妙表情看著利元。利元沒有拖太久，接著補充了重要的說明。

「我想您已經知道了，茲達諾夫議員多年來因違法行為一直在接受調查。議員在黨內的地位也不是很穩固，站在政黨的立場來說，為了即將到來的選舉，隨時可以割捨失去民心的市議員。」

對於依然沒有回答的凱撒，利元露出了微笑。

「這樣的話，茲達諾夫議員遲早會被逮捕吧？」

尤里西把手放在西裝的暗袋裡，就像是準備好收到指令隨時都能開槍。但是利元的視線依然停留在凱撒身上，繼續說了下去。

「那樣的話，別提他承諾過的代價了，你甚至得接受不名譽的調查，那站在組織的立場來說也絕非好事。」

利元的聲音想要蠱惑人心似的變低了。

「您身為黑手黨的幹部，應該不會做對組織沒好處的事吧？」

一陣沉默。在寧靜的辦公室裡，利元和凱撒眼睛眨也不眨、固執地凝視著彼此。這次開口的還是利元。

「我把資料放在信封裡，請看過後跟我連絡。如果三天內沒有連絡我，我會再來拜訪的。」

利元的聲音聽起來雖然很清爽，卻無法令人安下心來，他的話就像是一種威脅，只要看到依然刺在沙發上的鋼筆，任誰都會同意這句話。利元說完自己想說的，就把帶來的信封放在桌上，以短暫的微笑代替道別離開了，再次恢復的寧靜與原本的氣氛截然不同。

「那傢伙是怎麼回事？竟敢在誰面前耍流氓？沙皇，您還好嗎？有沒有受傷？」

事後回過神來的尤里西無奈地人發脾氣，他雖然急促地說了一連串的話，凱撒卻根本沒有反應。尤里西對於自己來不及反應，只在一旁觀望感到自責和焦慮，認真考慮是否要現在就去把利元抓回來，在他腦袋上開一槍。

「我立刻去把他抓回來讓他認錯好嗎？」

尤里西焦急地等待凱撒下達命令，凱撒卻不理會他，不發一語地轉過頭去。凱撒的視線第一次投向了插進沙發的鋼筆。尤里西看到他的表情依然沒有變化，一臉僵硬地閉上了嘴。

凱撒根本不在意尤里西的反應，他修長的手慢慢撫摸著冰冷的鋼筆。尤里西屏息地看著他像是愛撫般滑順地握住了鋼筆，接著一口氣抽出鋼筆甩出去，鋼筆發出毛骨悚然的風聲後撞上牆壁，馬上就完全壞了，在地板上打著轉。

「看來無法還他了。」

依然無法感受到任何情緒的單調聲音讓尤里西起了雞皮疙瘩。凱撒轉動椅子，很快將視線投向窗外。

「你去調查那個男人。家庭關係、故鄉、畢業的學校，擁有幾本書，全都去調查清楚。」

「關於那個律師嗎？可是……」

尤里西困惑於不知所以的命令，本來想問理由，卻慌忙地低頭回答「遵命」。凱撒的銀灰色瞳孔泛著奇妙的光芒。

「我從以前開始就很想養一頭老虎了。」

◎ ◎ ◎

最近在暴發戶之中暗中相傳的祕密俱樂部有別於其名聲，位於偏遠之處。在幾乎沒有路人的郊區，一、兩輛高級轎車停下來，守在俱樂部前的大塊頭男人前來確認身分，用另外設置的門帶他們進入俱樂部。

這間俱樂部的老闆是誰、營業目的等一點都不重要，只要能取得所需就夠了。來到俱樂部的人各式各樣的需求都能在這裡得到滿足。只要有錢和權力就沒有不可能的事。

「兄弟，歡迎你來。」

在放著大桌子的包廂裡，被幾個女人簇擁玩樂的狄米特里看到打開門走進來的凱撒，立刻舉起手來歡迎他。將凱撒恭敬地帶到桌旁的經理退到一邊，凱撒面無表情地握住狄米特里伸出的手。

不過只是握手，狄米特里似乎無法感到滿足，他用力地把凱撒拉過來，在他的臉頰上熱情地親吻。凱撒忍住了，卻沒有容許嘴唇被親。

「到此為止。」

凱撒用短短一句話制止想移過來的嘴唇，到對面坐下。狄米特里露出不滿意的表情。

「小時候你不是會讓我親嗎！」

「因為是小時候。」

凱撒不屑地說完，一口乾掉放在自己面前的酒杯，坐在旁邊的女人立刻在杯子裡倒滿了伏特加。凱撒進來俱樂部不到五分鐘，已經被十多名女人圍繞了。

為了討好凱撒，女人們都看著他的臉色，無法主動撒嬌或貼近，因為她們很清楚男人是誰，而且也知道自己的任務就是安靜等待，等男人想要時再把身體獻上而已。

不同於在凱撒身旁緊張地看臉色的女人，狄米特里周圍的女人不斷發出笑聲，忙著摸他、親吻他的身體。

有著一頭深褐色頭髮和深綠色瞳孔的狄米特里，和讓人聯想到銀狼的凱撒，從外表到個性有著天壤之別。相隔著巨大的桌子，壁壘分明的氣氛也是那麼得不同。

一邊是北方的寒流，另一邊就像是熱帶雨林。明明是堂兄弟，怎麼會這麼不同呢？別人看到他們一定都會這麼想。這次的凱撒也是，別提出手了，他連正眼都不瞧她們一眼。相反的，狄米特里卻左擁右抱還嫌不夠，雙腿上各坐了一個女人，雙肩也各靠著一個，他為了輪流和每一個女人接吻，看起來十分忙碌。如果加上虎視眈眈地想要推開靠在他雙肩的對手、獲得那個位置的女人，狄米特里周圍就有十多個女人喧鬧著。

不過在這期間，狄米特里也沒有疏忽任何一個人。這次也沒能搶到狄米特里身旁位置的美女一臉不高興地瞄向他，他立刻笑著用嘴唇去磨蹭她露出的乳房。

「所以，凱撒……」

身為少數可以直呼他名字的人之一的狄米特里，朝著釋懷的女人微笑後繼續說道。

「事情進行得怎麼樣了？」

凱撒簡短回答。

「很順利。」

看著他把裝著伏特加的酒杯拿到嘴旁，狄米特里皺起眉頭。把那個當作訊號的經理立刻比了個手勢，像是蜜蜂般簇擁在身旁的女人瞬間站起來消失了蹤影，到剛剛為止因女人熙熙攘攘的桌子剎那間只剩下兩個人。連經理也消失之後，狄米特里將視線從關閉的包廂門上抽離，看向凱撒。

「你應該看過關於茲達諾夫的資料了吧？」

凱撒這次也簡短回答。

「當然。」

「那你還想繼續？」

對於狄米特里的提問，凱撒這次沒有回答。狄米特里不但是凱撒的堂兄弟，也是他從小玩到大的伙伴，他是前KGB，現在是這間祕密俱樂部的老闆。雖然是前KGB，但現在依然跟現職的沒有兩樣，沒有他無法取得的情報。那樣的狄米特里提供的情報，當然準確無比。狄米特里用不同於之前的認真表情說話了。

「他雖然還死撐著，但是等搜查組找到關鍵證據，他就會立刻完蛋。凱撒，你就停手吧！如果茲達諾夫還要來糾纏你，我就幫你幹掉他。」

凱撒的嘴冷酷地歪向一邊。

「你以為我會怕區區一個茲達諾夫？」

聽到安靜且緩慢的反問，狄米特里立刻退讓了。

「我當然沒有那樣想。」

「那就行了。」

凱撒親自在空杯中倒入伏特加，狄米特里瞄了一眼後開口了。

「反正你也撈不到好處，趁早收手比較好吧？」

聽到狄米特里用稍微溫和的語調問道，凱撒意外地笑了一下。

「想要馴服老虎，可是需要飼料的。」

「老虎？」

狄米特里歪了歪頭，但凱撒不再解釋，乾掉了伏特加。看到他想要站起來，狄米特里開口道。

「聽說米哈伊倒下了。」

凱撒挺直了身體看著狄米特里。在俄羅斯米哈伊是再尋常不過的名字，但他們說的米哈伊只有一個人。

「他確實到了該注意的年紀。」

狄米特里看著冷靜的凱撒繼續說。

「米哈伊的組織雖然都不聲張，但已經私下傳開了。羅莫諾索夫派沒有接班人，所以米哈伊就這麼死掉的話……」

狄米特里雖然沒把話說完，但他們都知道結論，凱撒嘴邊泛著淺淺的微笑。

「俄羅斯就會落入我的手中吧！」

「敬沙皇。」

狄米特里意味深長地說完，把高舉的酒杯喝乾了。凱撒就那麼轉身想要離開包廂，當他握住門把的瞬間，狄米特里突然開口了。

「走廊盡頭右邊的房間喔。」

凱撒回頭瞥了一眼，狄米特里露出苦笑。

「下手輕一點，她們可都是最高級的貨色啊。」

凱撒不再說話，轉身走出了包廂。就像是看到訊號般，女人們爭先恐後地湧入包廂裡。為了占據狄米特里旁邊的位置不斷角力。在她們之後迅速進來的經理說道。

「照您的命令先準備了十個人。」

「好，你有準備足夠的酒吧？」

經理表情僵硬地點點頭。

「我比平時多準備了三倍的量，以防萬一也請供應酒的業者今晚徹夜待命。」

「要把那傢伙灌醉需要超級多的量，所以你就隨時送酒進去，絕對不能中途沒酒了。」

狄米特里再次強調後，對著成功爭取到隔壁位置的金髮美女溫柔地一笑。在搶奪中敗北、只能坐到對面的女人為了贏得狄米特里的注意力，立刻向他搭話。

「不過狄米特里，那位一個晚上真的可以應付十個人嗎？他一個人？」

看到她露出不可置信的表情，狄米特里放聲大笑。

「很難相信吧？是真的。外表看起來一副禁欲的樣子，但他的本性是頭野獸。」

狄米特里臉上的笑容還未消退，像是回憶過去般露出朦朧的表情。

「我只有一次，跟他一起上過女人。」

狄米特里的空酒杯裡注滿了伏特加，他拿起裝滿的酒杯繼續說道。

「我買了五個女人供他使用。可是呢，妳知道隔天怎麼樣了嗎？」

女人們瞪大眼睛看著狄米特里，他咧嘴笑了一下說道。

「其中三個人住院了，因為應付不了那傢伙。」

吞口水的聲音到處傳來，狄米特里看到她們半信半疑地互看，一口喝掉伏特加放下酒杯。

「在那之後，他每次做愛時都會喝個不停，妳們猜是為什麼？」

這次她們也沒有回答。狄米特里沒有等待，直接給出答案。

「要喝到那裡整晚再也站不起來為止，他才會停下來。」

包廂裡不知不覺變得鴉雀無聲。狄米特里對著屏住呼吸、啞口無言的女人們露出淺淺的微笑。

「那傢伙啊……絕對不會累。」

在依然沒有人開口的情況下，只有狄米特里露出開心得不得了的表情乾掉伏特加。

「要不要看看這次要多久才會結束？」

๑ ๑ ๑

連日的嚴寒終於稍微緩和了一點。利元跟平常一樣，在同一時間睜開眼睛，在比平時暖和的天氣中難得地用輕鬆的心情起床。今天預定要處理好久沒碰的私事，事情很簡單，只要搭著地鐵到終點站，去見地址上的人就好了。

跟隨著唯一的線索。

他低頭盯著手上的便條紙，雖然不想抱持太大的期待，但他無法控制內心某處的悸動。

「那我出門了。」

跟送他到門口的奶奶道別後，利元急忙走出去。天氣雖然變得暖和了一點，但俄羅斯依然很寒冷。他走在街頭上，不經意地想著今天還算溫暖，很快露出了苦笑。

看來自己已經很習慣俄羅斯了，雖然一開始來到這裡的時候，彷彿連一天都撐不下去，都快凍死了。

已經七年了嗎……

利元突然想起了那一天，眼前變得一片模糊。

——利元，你能幫幫我嗎？

他想起無力地撫摸自己臉頰的母親的臉，嘆了一口氣，再次打起精神。我要加油，一定能找得到。他輕輕握起拳頭，用更加有力的腳步快步向前。

如同廣大的國土，他搭著搖晃的地鐵移動了很長的距離後，終於抵達了目的地。住在市區的人為了耕種才會在此買下一小塊農地，或是購買別墅，因此都市郊區的平日不會有很多人，顯得很冷清。

外國人走在僻靜的鄉間道路裡特別醒目，尤其是利元，不知為何走到哪裡都會引來關注。他這次也被正在種田的鄉下婦女直盯著看，利元以微笑代替向她打招呼。

她回以尷尬的招呼之後，依然偷瞄著利元。利元把她拋在後頭，朝著便條紙上的地址快步走去。他獨自走在靜謐的鄉間小路一陣子後，終於抵達了目的地。

他輕輕敲了敲門，不久後傳來回應。

「哪位？」

在細小顫抖的老人聲音之後，腳步聲傳來。利元等待他從玄關出來的時候，心臟小心翼翼地怦怦跳著。到目前為止每次都是白忙一場，這是七年來好不容易得到的線索，這次搞不好會有什麼收獲。

隨著「叮鈴」的鈴鐺聲，門打開了，滿臉皺紋的老人從破舊的門檻現身，與利元面對面。利元露出燦爛的微笑，習慣性地說出既定的臺詞。

「你好，我是律師，我叫鄭利元。」

面對律師怎麼會跑來這裡的戒備眼神，利元遞出名片說道。

「請問是希貝爾尼克先生嗎？」

「我是。」

利元看著依然投來懷疑眼神的他，緊張地開口。

「我來這裡是想打聽一件事。不知道您……認不認識大約三十年前，寄宿在這裡的韓國女性？她的名字叫鄭秀妍，不對，是秀妍・鄭。」

老人呆呆地眨了眨眼，在幾秒的空白後突然露出驚訝的表情，利元的心臟也隨著他的表情激烈地跳動起來。

唉……

利元直到很晚才用無力的腳步回到家。

那是好不容易才找到的線索。

老人還記得利元的母親，說她是從韓國來的、善良又優秀的淑女，可是就只有那樣而已。他只記得母親某天突然就離開了，很難從他身上獲取想要的情報。他看著失望的利元，覺得幫不上忙很遺憾，提議說會向當時跟利元母親很要好的村內女孩打聽看看。當然她也在很久以前就離開村子了，要找到她十分困難，但他緊緊握住利元的手，答應一定會想辦法連絡上。

就到這裡為止嗎……

利元再次嘆了口氣，他費了好大一番功夫才打聽到老人的家，幾乎沒有人記得三十年前的事情了，好不容易找到的線索往往都沒有下文。總之以目前來說，他只能被動地等待老人連絡。

又回到了原點。

他垂頭喪氣，無法掩飾失落的心情。咖啡店的燈已經關了，屋主奶奶今天可能比較早睡，利元為了不吵醒她，小心翼翼地從後門走進去，脫下滿是灰塵的鞋子換上拖鞋，今天已經沒有力氣再做別的事情了。

早點洗澡睡覺好了。

他盡可能屏息地走上嘎吱作響的樓梯，馴服了依然愛惹麻煩的鑰匙孔打開門後，終於吐出一直憋著的氣走進房間，卻停下腳步。

地上有個東西，很明顯是某人從門縫間推進來的信封，並沒有什麼可疑之處。他撕開信封，走向床一屁股坐下來，不自覺地翻找著口袋，卻馬上放棄了。

雖然滿腦子想抽菸，但很遺憾，身上連一根菸都沒有，他在回來的路上已經把一整包菸都抽光了。他苦澀地嘆了口氣，同時確認了薄信封裡的內容物，突然皺起眉頭。

……這是……？

裡面就只有一張票而已。利元呆呆地看著莫斯科大劇院的芭蕾演出票券，用狐疑的表情再次看了看信封裡面，怎麼看都只有一張票，而且還是明天晚上的表演。這到底是怎麼回事？他接著在信封裡找到了薄薄的名片，立刻理解了狀況。

——凱撒。

確認過這和之前拿到的是同一張名片後，他想起明天就是自己給他的期限。他打算在那裡給出回覆嗎？都來到這裡了，卻只放了一張票就走，他到底在想什麼？

利元再次用不尋常的表情看著票，將它收回信封，放在桌上。他雖然不想看表演，但也沒有理由迴避不和那男人見面。不論凱撒同意不同意，他都準備好對策了。

希望彼此不要浪費時間就好了。

利元邊思考邊快速洗完澡，把每日例行事務推到一旁，馬上就睡著了。

第6章

夜晚過去，天氣再次變得天寒地凍，天空一直被陰暗籠罩著。利元拉起了大衣的領子，穿越凜冽的寒風好不容易抵達了目的地。時常故障的地鐵這次也在相隔兩站的遙遠距離停擺了，站著等待下一班列車跟被嚴刑拷打沒兩樣，他便咬緊牙關瘋狂地跑了兩站的距離。

「歡迎光臨。」

滿臉通紅、上氣不接下氣的利元聳動著肩膀，好不容易抵達了劇院，他走進裡面短暫地打了個招呼後，把大衣交給門口的接待人員才回過神來。他感覺到因寒冷而凍結的腦袋正在恢復思考能力，慢慢環視著室內。

有著悠久歷史的宏偉劇場內到處都是來看表演的人。在為了看表演身著正裝、三五成群的人們中，他很懷疑是否能找到那個男人。

不過那只是杞人憂天，利元環視大廳一圈後，馬上就找到了那個男人。坐在放置於一角的沙發上，翹腳看著節目單的他實在是太醒目了。他只是在慢慢翻閱節目單而已，卻帥氣到讓人不禁發出讚嘆。

剪裁合身，既俐落又典雅的深褐色西裝包覆著他的全身，但夾在端莊領帶上的鑽石領帶夾帶來極大的反差，那一個配飾似乎就足以道出那個男人的一切。很明顯可以看到路過的人都不斷在偷看他。

如果知道那個男人是黑手黨，那些人會有什麼反應呢？

利元雖然很好奇卻無法得知答案。他沒有拖延時間，立刻走向他，在他正前方停下腳步，慢慢翻閱節目單的手也停了下來。利元看著他被室內燈光照耀而泛著金光的頭髮，開口說道。

「凱撒先生。」

隨著隱約傳來的聲音，男人抬起了視線。讓人聯想到暴風雪肆虐的無盡雪地之天空，那深邃的銀灰色眼眸看著利元。男人沒有做出特別的反應，只是闔上節目單笑了一下。

「你來了。」

利元看到意外的微笑，瞬間卸下了心防，泛著淺淺微笑的臉出乎意料得單純，即使已經知道他是大型黑手黨的幹部了，卻不禁起疑。

這種男人怎麼會露出這麼天真的笑容呢？

利元出神地望了他一會，幸好魔法馬上就解除了。凱撒站起來的瞬間，男人巨大的影子頓時籠罩在利元之上，讓利元迅速回到了現實。利元感謝自己恢復了理智，用一如往常的口吻說道。

「現在請回覆我。」

告知表演即將開始的鈴聲剛好響起，不自覺回頭的利元再次看向凱撒時，他望著表演廳開口道。

「快開始了，我們進去吧。」

「你說什麼？」

聽到出乎意料的話，他發出銳利的聲音。可是凱撒不慌不忙地一手拿起捲起來的節目單，另一手抓住利元的手臂。突然被拉住手臂的利元愣了一下，凱撒卻毫不遲疑地拉著他邁開腳步，利元來不及反應，就這樣被他拖走，於是急忙說道。

「等等，我只是來聽你的回答，沒有打算要看表演——」

「看完表演，我就回答你。」

聽到凱撒的回應，利元愣了一下。凱撒發現利元慌張地看著自己，漫不經心地說道。

「答覆期限到今天，還剩下五個小時，你連這點耐心都沒有嗎？」

口氣雖然沒什麼變化，但利元突然意識到他是在嘲弄他。如果你預想我會焦急地發脾氣，那可是失算了。利元用挑釁的眼神瞪著他答道。

「我討厭浪費時間。」

「竟然說看《吉賽兒》是浪費時間，真過分。」

凱撒用不失望也不驚訝的口氣漫不經心地說完，俯視著利元。利元只有一個答案能選擇，他執拗地瞪著凱撒回答了。

「希望有投資我寶貴時間的價值。」

凱撒的眼角微微傾斜，利元本能地意識到那是發自真心的笑容。

「《吉賽兒》絕對有那個價值。」

鈴聲再次響起，在門即將關閉之前，兩人進入了表演廳。

◎ ◎ ◎

俄羅斯引以為傲的芭蕾舞團表演令人目不暇給，甚至讓人惋惜是在這種情況下觀賞的。被風流貴族玩弄的鄉下少女吉賽兒選擇結束了性命。芭蕾舞團的表演非常出色，但是利元無法盡情享受，他一直焦急地等待著坐在隔壁的男人什麼時候會給他怎樣的答覆，無法專心看表演。

在短暫的中場休息後，他的心情總算變得比較平穩。這個男人一定是打算表演結束後再告訴他，自己越是焦急和戰戰兢兢，越是會讓這個男人開心，絕對不能讓他得逞。利元下定決心後，決定全神貫注於觀賞表演。

不同於歡樂開朗的第一幕，第二幕憂鬱且靜謐。纖細到彷彿隨時會崩壞的芭蕾舞者身體變成幽魂，徘徊於虛無的空氣中，即使被背叛、死去也無法放棄愛情，令人憐惜的吉賽兒為了拯救男人而不斷跳著舞，觀眾個個因悲傷而屏住了呼吸。

不知不覺深陷其中的利元感受到鼻尖的酸楚而嘆氣時，突然聽到呢喃似的低沉聲音。

「我該回覆你的提議了。」

凱撒低沉的聲音讓專注於舞臺上的神經瞬間回到他身上。利元豎耳等待回答，凱撒故意吊胃口似的停頓了一下，接著低聲說道。

「我不可能做任何協商或妥協。」

利元就那麼僵住了，剛好燈光熄滅，觀眾的鼓掌與喝采響起，表演結束了。感動的歡呼聲此起彼落，掌聲熱烈到彷彿鼓掌的手都要斷了，但利元一動也不動，他慢慢思考著，吃力地消化眼前的狀況。

結果，我是為了聽他拒絕，才勉強和這個男人坐在一起看表演的嗎？

凱撒剛好站了起來，利元用呆呆的表情眨著眼抬頭看著他，凱撒也低頭看著對方，露出淺淺的微笑。

「要不要一起吃頓飯？」

「啊?!」

利元不禁發出不耐的嘆息，他迅速變換表情，站起來瞪他。

「你覺得我現在有辦法心平氣和地和你吃晚餐嗎？」

已經不需要再維持禮貌了，等利元不客氣地吼完，凱撒開口了。

「是嗎？不會嗎？」

聽到莫名其妙的回問，利元乾脆忽視他，轉過身去。

混帳，那時應該把鋼筆刺進他脖子裡的。

利元無法忍受湧上來的怒火，腳步不禁變得粗暴，他咬牙粗魯地邁開步伐，快步離開了劇院。凱撒看著他的背影，只是露出了微妙的微笑，沒有阻攔他。

在隱密的角落看著他們的某個男人，立即隱藏起來按下手機。

「是，茲達諾夫議員，是我。我致電給您是有事要向您稟報……」

୦ ୦ ୦

利元感覺整個身體都黏在床墊上，發出呻吟聲慢慢翻身。

失算了。

他雖然不斷感到自責，但頭痛並沒有好轉，全都是喝下大量廉價的酒的關係。所以心情不好時就不該喝酒，因為根本無法控制喝下去的量。他再次感到後悔，卻無法改變什麼，持續的頭痛讓他發出呻吟聲時，門外突然傳來敲門聲。

「喂，你在嗎？」

奶奶清脆的聲音沉悶地響起，可能是沒看到每天在同樣時間下來的利元，基於擔心才上來看看的。利元嘆了口氣後回答。

「是，我起來了。」

那是連自己聽了都感到不舒服的沙啞又分岔的聲音。奶奶打開門走進來，看著躺在床上一動也不能動的利元，發出「嘖嘖」聲。

「你怎麼喝了那麼多？發生什麼事了嗎？」

利元比起回答，先發出了呻吟，然後苦澀地開口了。

「發生了一件讓我很氣憤的事，現在沒事了……」

連自己聽到都覺得很難聽的聲音讓他不好意思地越說越小聲，同時聽到從昨天穿到現在的襯衫和褲子因摩擦而沙沙作響。奶奶用明白一切的眼神瞥了一下，立刻開口。

「你今天休息一下比較好，我會幫你泡茶，你喝完就好好睡一覺。酒適量喝就好，喝這麼多會傷身的，唉……」

走在走廊上的腳步聲遠去，嘮叨也隨之越離越遠。過不久奶奶拿著加了蜂蜜的紅茶過來時，他已經睡著了。

匡啷——

聽到粗暴的聲音，利元一下子醒了過來。原本熟睡的他睜開眼睛，就那麼在床上躺了一會。緊皺著眉頭靜靜躺在床上的他，過不久後再次聽到那個聲音。

「你們這些傢伙，這是在做什麼？還不快住手?!」

隨著奶奶的高喊，再次聽到粗暴破裂聲的瞬間，利元不再遲疑地跳下了床。一瞬間，眼前大力晃動，糟糕，他竟然跌倒在地，臉撞到了地上。他把髒話吞進嘴裡，慌忙地站起來，騷亂還在持續。

「奶奶，發生什麼事——」

利元急忙跑下樓梯大喊，卻停住了腳步，眼前的景象簡直一團亂。他看著全被砸爛、一片狼藉的咖啡店愣住了，老舊的椅子摔在地上，桌子被掀翻、裂成兩半，茶杯或碗盤全都摔成了碎片。聽到利元大喊，前來鬧事的男人們回過頭來看他，拚命阻攔強壯男人們的奶奶也停住了。

「奶奶，這是怎麼回事……」

利元為了不讓奶奶受傷，急忙將她拉開，把想要再次衝向男人們的奶奶擋在背後，面對他們。

「你們是怎樣？怎麼可以這樣鬧事？」

聽到他急躁的大喊，男人們停下來，迅速彼此交換了個眼色。

「你就是那個囂張的律師吧？」

這次換利元愣了一下，不過他沒有停頓很久。

「你乖乖聽話就是了，幹嘛沒事找麻煩？應該警告過你別管尼可萊的事情吧！」

男人立刻揮拳過來，利元把奶奶推開，向男人邁步。

「你、你們這些傢伙，真是一群無賴！住手，你們立刻住手！還不罷休嗎?!」

背後傳來奶奶的吶喊。不速之客共有五個人，比利元更快跑下來的尼可萊已經躺在那邊了。利元感受到其他人無法幫上忙，只能屏住呼吸。他為了快速解決向自己衝過來的男人，絞盡腦汁思考該怎麼辦，這段期間其他男人依然在破壞東西。

「住手，你們這些混帳！」

利元罵了髒話之後，揮拳打向那群男人，臼齒被打飛和骨頭斷裂的聲音接連傳來。他跨過來不及尖叫就倒地的男人，立刻朝著鬧事男人的方向跑去，可是有人從背後抓住了利元的肩膀，他回頭的同時一拳揮了過去，男人隨著哀號倒地。利元拋下他，又衝向另一個男人。那個男人正要把老舊的鍋子丟出去，奶奶在後方一臉蒼白地大喊。

「不可以，那是……！」

利元咬牙用力伸出手，但另一個男人更快撲向了利元。隨著「啪匡」的沉重聲響，陶瓷破裂的聲音響起。把男人打倒的利元急忙回過頭，可是已經太遲了，鍋子已經裂成了碎片。他看到臉色慘白地癱坐在地上的奶奶，重新站起的男人們再次衝向利元，利元咬牙朝著男人們揮拳。

「你們這群混蛋！」

໑ ໑ ໑

經過一場打鬥後，男人們沒過多久就一跛一拐地離開了。利元幾乎不曾追著逃跑的對象拳打腳踢，這次卻追逐著爭先恐後上車逃跑的他們，甚至全力衝刺地追了快一百公尺，最終只能氣喘吁吁地瞪著在眼前消失的車尾，無奈地走回咖啡店。

男人們回去之後，咖啡店裡顯得更加悽慘。寂靜的咖啡店裡全都被砸爛了，沒有一個完整的物品。奶奶正蹲著看向某個東西，她用滿是皺紋的手一一撿起鍋子的碎片。和丈夫結婚時買的鍋子，是與先走一步的丈夫擁有珍貴回憶的少數物品之一。

平時充滿自信，任何時候都挺直腰桿不屈不撓的她，這一刻卻顯得嬌小又憔悴。看到不發一語地撿著碎片的奶奶，她斗大的淚珠掉在顫抖的手上的瞬間，利元咬緊牙關。會做出這種事的人只有一個。

昨天才宣告拒絕，今天就用行動表明給我看？

利元看到尼可萊的太太抱著滿是傷痕的尼可萊哭泣，他不再遲疑，立刻拿起外套朝著外面跑去。

不可原諒。

他朝向的地方已經決定了，他要去找做出這種卑劣事情的罪魁禍首——凱撒。

辦公室裡飄散著隱隱的紅茶香，就像大部分的俄羅斯人一樣，凱撒也喜歡喝茶，尤其是早上的一杯茶重要到可以左右他一天的心情。凱撒穿著包含背心的正式西裝，他把外套脫下來遞出去，尤里西就立刻接過來，輕聲問道。

「那個、怎麼樣呢？」

等待凱撒喝茶的尤里西小心翼翼地詢問。凱撒品嘗香氣後喝了一口，眼尾柔和地舒展開來，尤里西立刻知道了答案。凱撒簡單地答道。

「盧德米拉泡茶的手藝總是很好。」

換句話說，她的工作能力真的很糟糕，交辦事情很常出紕漏，打出的文件常寫錯字，連簡單的行程表也安排不好。只是她可以泡出凱撒喜歡的茶才能待到現在。

這次看到凱撒同樣滿足的反應，尤里西不禁佩服門外的盧德米拉，雖然她能做好的事只有泡好一杯茶，但已經足夠了。多虧有她，辦公室的大家才能維持早上的和平。

而且今天沙皇的心情不知為何似乎比平時更好，可能是昨天的表演特別令他滿意。尤里西想抽空問那個律師的事情，但在完全出乎他預料的狀況中，立刻得到了答案。

喀嚓。

沒聽到敲門聲，門就打開了，凱撒和尤里西同時轉移了視線。進來的是盧德米拉，竟然沒有得到同意就開門進來，就算是再怎麼錯誤百出的盧德米拉也不會犯這種錯。不過她鐵青的臉，立刻表明了她不是偶然犯錯的。

「有……有客人、有客人來訪。」

盧德米拉以快要哭出來的表情，吞吞吐吐地好不容易開了口，高個子的男人身影從她身後現身。尤里西因意外出現的利元慌張了一下，立刻意識到她為什麼會那樣顫抖，他看到利元用某個東西抵著她的背。

「你這傢伙……！」

他本想大喊「這是在做什麼」時，利元的手突然離開她的背，盧德米拉尖叫著退開，粗鋼筆卻映入她眼簾。當她察覺到威脅自己的不是槍，而是區區的鋼筆之後，她的臉變得更加扭曲。一臉蒼白的她立刻看向了凱撒，因自己誤判而把沒事先約好的客人送進來，讓她恐懼地顫抖。利元在她背後開口道。

「很抱歉嚇到妳了。」

看到他鄭重地低頭道歉，盧德米拉再次嚇了一跳，不知該如何是好。利元抬起頭來看向凱撒。

「因為我一定要見他。」

尤里西後知後覺地想要出手，但凱撒搶先一步。

「這麼一大早有什麼事嗎？」

利元聽到他跟平時一樣從容的聲音，直視著他回答。

「我有話要說才來的。」

「你竟敢擅自……」

「倒杯茶給客人喝。」

凱撒阻攔急忙想要出面的尤里西，瞄他了一眼。面對無言的壓迫，尤里西只好猶豫著，抱著啜泣的盧德米拉肩膀離開了辦公室。

啪嗒。

隨著安靜的關門聲，辦公室內只剩下兩個人。穿著襯衫、搭配俐落背心的凱撒漫不經地開口。

「你的運氣不錯，盧德米拉泡的茶非常好喝。」

坐在單人沙發上的他，指著旁邊的長沙發示意他坐下。盯著他看的利元不發一語地隨著他的指示坐上長沙發。盧德米拉不久後就端著茶進來了，她用比剛剛鎮定很多的樣子放下茶，利元愧疚似的苦笑了一下。盧德米拉用紅腫的眼睛瞥了他一眼，不發一語地離開了辦公室。

「早上的紅茶很適合拿來醒腦。」

凱撒如他所言，拿起紅茶品嘗香氣後喝了一口，旋即露出滿意的表情。凱撒用「你也喝喝看」的表情看著利元，但他根本一動也不動，只是用跟平常一樣的生硬表情看著凱撒，雖然雙眼燃著熊熊的火光。

從威脅祕書、沒有事先連絡就闖進來看來，今天的他有點不對勁。平時雖然穿著廉價西裝，但打扮還算乾淨俐落，今天看起來卻很不一樣。滿是皺褶的襯衫和沒紮好的亂七八糟的褲子，隨便披上的外套連釦子都沒扣上，而且也沒戴外出必戴的毛帽。再加上可能是沒照鏡子，後腦杓的頭髮翹得亂七八糟，簡直像是剛睡醒就跑出來。

剛剛是發生地震了嗎？

凱撒這麼想著，突然發現利元帥氣的臉龐一角有一大片瘀青和拳頭的血漬，讓他隱隱皺了皺眉頭。一天沒過就去打群架了嗎？凱撒在心裡想完這些事後，面無表情地開了話題。

「這個紅茶雖然不是最高級的，但只要用正確的溫度泡出正確的濃度，香味就會非常棒。能把這個紅茶的香味如此驚人地完美沖泡出來的祕書，空前絕後只有盧德米拉一人。」

凱撒短短地笑了一下。

「如果有一個過人的能力，就算其他事情一無是處也只能接受。」

利元以無奈的心情看著他，明明做出了那種事情，怎麼還能那樣厚臉皮呢？他第一次碰到臉皮那麼厚的人。果然是這樣嗎？如果要當賽格耶夫派的幹部，臉皮當然要那麼厚吧？

聽到凱撒自言自語地說「那也沒辦法」，利元第一次開口了。

「我不是來這裡跟你扯紅茶的事的。」

凱撒看向茶杯另一頭的利元，他從進來辦公室之後就一直死盯著自己。凱撒又品嘗了一口漸漸變涼的紅茶後，放下茶杯。

「你早上連喝杯茶的空閒都沒有嗎？」

凱撒看了利元根本沒碰的茶杯一眼，正眼看向了他。

「好吧，你有什麼事？」

凱撒用「而且還頂著那副模樣」的眼神瞄了利元全身，利元咬著嘴唇，無言地凝視著他。凱撒泰然自若到令人起雞皮疙瘩的程度，這個男人做了那種事之後，看到氣得跑來這裡的自己，究竟會有什麼想法？

他就算殺了幾個人，大概也是無動於衷吧？

利元放開用力咬著的嘴唇，冷靜地開口。

「我已經看透你是那種黑手黨，為了支持議員，不論什麼事都幹得出來了。」

他看著凱撒，用生硬的口氣繼續說道。

「但是對毫不相干的奶奶行使暴力真的太過分了，多虧了你，更加深了我的決心，我絕對不會輸給你們。」

利元用充滿怨恨的眼神瞪著他。

「走著瞧好了，看最後誰會贏得勝利。」

凱撒什麼話都沒說，只是面無表情地看著利元。就那樣看了一陣子，凱撒開口了。

「暴力？」

聽到凱撒說出簡單到空虛的話，利元抬起下巴挑釁似的開口。

「你是不知道才問的嗎？」

凱撒用皺眉代替回答。這個男人究竟在說什麼？不分青紅皂白地闖入，說些因果不明的話，反而還質問我說不知道嗎？

凱撒明明是黑手黨，卻用更高雅的姿態凝視著利元。當利元說完，他終於開口了。

「你在說夢話嗎？」

「什麼？」

突如其來的話讓利元愣住了。凱撒看著露出呆滯表情的利元，悠悠地繼續說道。

「我在想你是不是晚上做了什麼奇怪的夢，就跑來這裡胡鬧。不分青紅皂白地闖進來，說些毫無脈絡的話，真讓人困惑。果然，不同於黑手黨，這確實是高貴的律師會做出來的舉動。」

凱撒用從容的口氣嘲諷他後，瞇起了眼睛。

「還是你明知道自己贏不了我，所以用這種方式來垂死掙扎？」

「你說什麼……！」

凱撒的挑釁奏效了，適當地火上加油，讓利元的怒火頓時燃燒起來。瞬間失去理智的利元拿起一直沒碰的茶杯，直接朝凱撒潑了出去。利元心想如果不讓嘲諷自己的臉吃上一記攻擊，自己絕對會憤恨而死。準確朝著男人灑出去的紅茶大概是故意的，直到凱撒從椅子上站起來為止。

糟了。

當他意識到自己失誤時已經太遲了，利元突然感覺到一種既視感。朝著他潑灑出去的紅茶和從位子上站起來的他，就像慢動作一樣遲緩。這個情況跟之前很類似，但有一個不同之處，凱撒從椅子上站起來，閃開的同時抓住的不是利元的腰，而是手臂。

「啊！」

就這樣被壓到沙發上的利元反射性地發出尖叫。凱撒一手從背後反扣住他的手臂，一手靠著沙發開口道。

「你的個性很急呢。」

「放開我，該死的傢伙……你這個卑鄙的無賴！」

凱撒在掙扎著的利元上方咋了咋舌。

「到底是誰教你這樣罵人的？我得把他找出來教訓一頓才行。」

「儘管放馬過來，反正你的生活就是暴力和威脅。」

明明就被狠狠壓制住了，還充滿氣勢地大叫著。凱撒突然露出隱隱的微笑。

「你一睜開眼就跑過來了？」

聽到意外的話，利元愣住了。凱撒把靠在沙發上的手抬起來，慢慢撫摸他翹起來的頭髮。

「衣服也是昨天的，身上有酒味，看來喝了很多呢。」

「關你什麼事……！」

凱撒不顧利元再次開始掙扎的叫喊聲，接著說道。

「人剛睡醒的時候，體味是最濃的。」

凱撒賣弄似的把鼻子埋進利元的頭髮裡呢喃。

「這就是你的味道啊。」

凱撒彷彿想要記住似的深吸了一口氣，讓利元僵住了。在靜謐的辦公室裡，凱撒的呼吸聲如山谷的回音般蕩漾開來。從背後感覺到的男人身體太過真實，即使穿著厚重的外套，利元依然能強烈感受到他的全身。

凱撒把手伸下去，將阻隔兩人的廉價外套撩開。利元從被性急撥開的外套下方碰觸到了男人的身體，第一次知道自己的褲子原來那麼薄，屁股碰到的觸感是多麼扎實。從頭髮間確認味道的凱撒把嘴唇移到他耳邊，悄悄鬆開咬著的耳郭，呢喃道。

「把腿張開。」

男人宛如被雕刻出來般的臉向利元靠近，落下了陰影。利元全身每個細胞都感受得到，這令人窒息的美麗野獸正朝著自己亮出獠牙。如同大聲跳動的脈搏聲，由碰觸的肉體如實地感受到男人擴張隆起的脈搏。

他用全身感覺到身上的凶器已經變得硬挺，彷彿要立刻撕裂身體般挺進來。利元慢慢回過頭去，冷漠的銀灰色瞳孔正在他好不容易看去的地方等著他。

兩人對視的瞬間，滿足和失望同時掠過凱撒的臉。凝視凱撒的利元臉上根本看不到一絲恐懼，反而像是非常厭煩於這種情況似的，皺起漂亮的眉毛開口道。

「你每次都是這樣炫耀自己力氣的嗎？」

雄性野獸低頭看著因厭惡而皺眉的優雅美男，露出危險的冷笑坦率地表露出欲望。

「到目前為止只是私刑的手段，但以那樣來說，你長得太好看了。」

利元歪著嘴巴挖苦他。

「很方便呢？你只要看得上眼就會上他嗎？」

凱撒沒有立刻回答，相反的，他用修長的手指抓住利元的下巴，用大拇指尖撫摸下唇。

「沾滿鮮血的你一定會很美麗。」

結實的手指停止動作，輕輕按壓嘴唇內側的紅肉。利元依然不發一語地瞪著凱撒，他看著凱撒瞇起眼睛，嘴唇中流瀉出嘆息般的聲音。微微的氣息隨著低聲呢喃，滲透進利元紅潤的皮膚中。

「沾上我精液的你，會是什麼樣子呢？」

對於凱撒的問題，利元的回答只有一個。

「你不如想像自己的喪禮。」

聽到咬牙說出的話，凱撒竟發出短短的笑聲，這個意外的反應讓利元皺起眉頭。凱撒突然起身放開了他，利元反射性地站起來後退一大步，馬上用懷疑的眼神瞪著他。不過凱撒就像沒發生任何事般，若無其事地打開桌上的雪茄盒拿出雪茄。

「我們還是回到正題吧，你說咖啡店變得亂七八糟的了？」

利元既不耐煩又困惑地看著凱撒剪開雪茄，細心點火。

「你明知故問。」

「我嗎？你怎麼會那麼想？」

凱撒把雪茄拿到嘴邊問道，利元立刻轉向他，狠狠怒視著他。

「那當然了，因為你在幫助茲達諾夫議員……」

話說到一半，利元頓時愣住了，突然有種奇怪的想法。難道不是這個男人幹的嗎？

「所以你的臉是那樣受傷的嗎？」

凱撒搶先提出的問題讓利元說不出話來，他打死也不會說出那不是搏鬥造成的勳章，而是自己從床上滾下來導致的瘀青。

「不是你幹的嗎？」

充滿懷疑的提問取代了回答，凱撒瞇起了眼睛。

「這個嗎……你說呢？」

他巧妙地轉移話題，沒有給出明確的答案。

「我本來以為你一定有證據，才會在這個時間衝過來大鬧，結果沒有嗎？」

當然有證據，現在沒有理由動搖，不過不知為何有點不對勁。

「老實告訴我，是你幹的嗎？」

凱撒將深吸進去的煙緩緩吐出，雪茄刺鼻的味道讓利元不禁皺起眉頭，凱撒開口了。

「如果是我做的，接下來你有什麼打算？」

「當然會提告。」

聽到利元立即的回答，凱撒悠閒地問道。

「證據呢？」

利元愣住後，凱撒依然泰然自若地繼續說道。

「我想你比我更清楚，隨便懷疑別人算是誣告罪吧？你不能只靠心證，好歹要拿出一切都是我指示的證據，還要列出事情發生的真實過程啊。」

質問的立場顛倒了，凱撒發現利元慌張地說不出話來，無聲地笑著把雪茄拿到嘴邊。

「你身為律師，竟然毫無證據就亂闖進來，如果是正在打官司，你就輸定了。」

利元咬住嘴唇，他雖然很生氣，但不得不承認，自己無疑打了場敗仗。我竟然會犯下這種錯誤……問題就出在自己少見地被憤怒沖昏了頭。他的自尊心被撕成碎片，墜落谷底，但依然冷靜地接受了現況。

「……失禮了。」

利元好不容易回到平時的樣子，挺直了腰桿，用無比平穩的聲音開口了。

「我明白了，下次我會收集好證據再來拜訪。」

說著「那我先告辭了」短暫道別後，利元轉過身去。

「律師先生。」

凱撒叫住想要直接離開辦公室的利元，他不得不回過頭來，靠坐在桌子上的凱撒說道。

「關於剛剛說的事情。」

利元心想他不會是想提那件事吧？但很不幸的，就是那件事。

「如果要動用私刑，鼓膜和角膜破掉都只不過是開始，就那麼死掉的情況也很常見。」

凱撒無動於衷，像是在說這跟他無關一樣，彷彿眼前有人死掉也沒什麼大不了的。這當然與他無關，這世上難道有人有辦法對這個男人動用私刑嗎？

凱撒最後提議道。

「選吧。你要變成瞎子，還是要張開雙腿？」

利元直接把問題丟回給凱撒。

「如果是你，會想被飢餓的獅子生吞活剝，還是被綁緊活埋？」

凱撒愣了一下，居然笑出聲來，他預料之外的反應讓利元眨了眨眼。凱撒臉上依然留有笑容，他說道。

「真難呢！命只有一條，沒辦法做實驗。」

利元早就知道會這樣般，面無表情地補了一句。

「如果你做出選擇，我也會回答你。」

利元說完就立刻轉身，頭也不回地出了辦公室。當他為了關門而不得不看向後方時，一直看著他的凱撒輕輕舉起一隻手以作道別。到最後都徹底踐踏了利元的自尊心，凱撒消失在門的那一頭。

「沙皇。」

確認利元離開後，尤里西慌張地進入辦公室，急忙觀察凱撒全身。

「您還好嗎？沒發生什麼事吧？那個混帳律師怎麼每次都衝進來……」

「尤里西。」

凱撒的聲音制止了急著說話的尤里西。等尤里西閉上嘴，凱撒靜靜地下達命令。

「你去打探一下茲達諾夫私下在搞什麼。」

「什麼？茲達諾夫議員嗎？」

凱撒忽視嚇一跳的尤里西，深吸了一口雪茄。

委託了我辦事，居然還在背後搞鬼。

透過白茫茫的煙霧，細長的灰色瞳孔散發出陰森的光芒。

復原咖啡店不是一件輕鬆的差事，光是打掃就花了整整兩天。利元決定親自找材料來製作桌椅。

奶奶並沒有一直陷在挫折中，很快就像個不斷面對挑戰的俄羅斯人，發憤圖強地邁向了新生活。

「趁這次機會換個裝潢好了。」

奶奶沒有去亂七八糟的咖啡店，而是來到利元的辦公室，遞出皺巴巴的紙條這樣說時，利元爽快地同意了。老舊的木桌到處都有裂痕，桌腳的長度不一致，老是嘎吱作響，奶奶這次想用鐵材做出堅固的桌椅。

「要做當然可以，不過冬天還是木頭比較溫暖吧？」

對於深思熟慮遞出的設計，利元謹慎地提出建議，讓她再次陷入煩惱之中。俄羅斯的冬天殘酷到可以輕易摧殘對裝潢的渴望，一年有一半以上都籠罩在北方的暴風雪中，利

第7章

元的建議算是非常中肯。

最終利元答應奶奶只要在需要的時候，隨時都能重新製作家具後，達成了用木材製作桌椅的協議。

被狠揍到足足躺了三天的尼可萊也終於恢復精神，前來協助整修。

「都是因為我，對不起，伊凡娜奶奶。」

奶奶看到馬上溼了眼眶的尼可萊，故意沒好氣地說。

「算了吧，我的伏特加破掉了，你買一瓶賠我好了。」

當天晚上尼可萊掏光所有的錢，為奶奶買了瓶高級伏特加。因為恐懼而不敢出面的其他居民也都有來幫忙，並協助募款補貼了一點錢。人們苟延殘喘地過著辛苦的日子，卻毫不猶豫地幫助彼此，多虧如此，奶奶的咖啡店比想像中以更快的速度恢復了原來的樣子。

໑ ໑ ໑

好幾天沒有下雪，晴朗又溫暖的好天氣持續著，大家都鼓勵奶奶，一致說這是好兆頭。利元以輕快的心情起床，立刻換好衣服走到樓下。

利元每天都過著同樣的生活，白天幫忙重建咖啡店，晚上和尼可萊一起準備官司到深夜。目前剩下的唯一方法就是透過官司告他違法，雖然幾乎沒有勝算，但利元下定決心直到最後都絕不放棄。

而尼可萊也一樣，再也沒有什麼好失去的人團結在一起幫助了尼可萊和奶奶。不過一無所有的人做不到的事情太多了，將茲達諾夫的貪污爆料出來，證明他是違法搶奪土地和工廠是其中的關鍵，但再怎麼到處奔波都無法取得有效的證據，也沒有人願意站在利元和尼可萊這邊提出證詞。

就這樣過了一段時間，過不久就要上法庭的某天晚上。利元為了製作最後一張桌子裁切著木頭，腦裡想著茲達諾夫的官司。只要證明文件是偽造的，這樣一切就能結束的話該有多好？文件任誰來看都知道是偽造的，卻無法成為證據，不管想多少次都覺得惱怒。

就在他氣憤地裁切木頭的時候，老舊的門打開，有人走了進來。雖然停止了營業，但村民還是會隨時來來去去，因此利元沒有多想就抬起頭來，卻愣在了原地。特別高大的他低頭彎腰，走過高度足以一般人進出的大門，多虧如此，利元比起臉先看到了他的頭頂。當然，僅憑那獨特的髮色就可以得知那是誰了。

凱撒。

利元默默看著他把腰伸直，環視店內。咖啡店為了裁切和裝釘木材，到處都是灰塵，但擺設已經越來越齊全了。凱撒出神地看著利元親手製作的木桌，轉移了視線，從進到店裡開始，直到這時他才第一次和利元四目交接。

「好久不見啊。」

凱撒簡短地打了招呼。利元沒有面對他，而是以充滿敵意的眼神瞪著他。

「你有什麼事？」

利元不自覺地以粗魯的口氣說道，但他不想刻意去改變。對於他的敵視，凱撒沒做什麼特別的反應，接著說道。

「我有東西要給你，我想你應該會很想要。」

這時利元才看向他手上拿著的文件信封，有相當厚度的信封密封起來，讓人無法看到裡面。利元的視線裡充滿了懷疑和不高興，凱撒開口說道。

「你不是要跟茲達諾夫打官司嗎？」

「所以呢？」

利元不耐煩地催促他繼續說下去，但是凱撒一點都不著急，依然悠閒。

「對付市議員不太容易吧？而且他和高層公務員也有牽扯。」

「說重點。」

利元露骨地看向大門，就像在說再賣關子就要把他趕出去。凱撒銀灰色的瞳孔蕩漾著愉快的波浪。

「你，不需要證據嗎？」

就像釣客灑下誘餌，誘人的聲音讓利元愣住了。凱撒用平穩的語調繼續說道。

「所有骯髒事都會留下證據，因為怕對方會背叛，而握住彼此的把柄。」

凱撒輕鬆地舉起文件信封。

「就是要在這種時候派上用場。」

利元的表情變了。那個信封裡有茲達諾夫的把柄?!在這連陪審員都有高機率會被收買的不利官司中，他急需要證據。接著，「那個男人為什麼要這麼做」的疑問才湧上，如果這是真的，那利元一定會很想得到。凱撒看到他充滿渴望的表情瞬間浮現，露出「我就知道」的淺淺微笑。

「如果想要，就在二十分鐘內換好衣服下來，你那身打扮不太行。」

凱撒瞥了一眼利元穿著的、滿是灰塵的舊牛仔褲和襯衫，這麼說道。

「預約時間快到了。」

「預約?」

聽到利元一頭霧水地反問，凱撒立刻回答。

「我們邊吃晚餐邊聊吧。」

利元馬上皺起眉頭，但凱撒的反應沒有變化，他故意看了一下手錶。

「剩下十九分鐘。」

「我要怎麼相信你?」

「同樣的把戲我不會用兩次。」

凱撒簡單地解開利元的疑惑後，歪了一下頭。

「這個，你不需要嗎？」

利元看著他在眼前搖晃厚實的文件，咬住嘴唇，低聲罵了髒話轉過身去，接著聽到凱撒補充了一句。

「你罵了髒話，所以減少到十分鐘。」

「混蛋，別開玩笑了，你憑什麼……」

「五分鐘。」

凱撒立刻回答後，爽快地轉過身去。

「我會在五分鐘後準時離開，如果需要證據你就過來。還有我受不了那個不像樣的衣服，你穿上你最好的衣服再出來。」

凱撒嫌惡似的打量了一下利元全身，打開門走出去。

——我會在五分鐘後準時離開。

就像是要證明那句話，他馬上朝著待命中的轎車走去。利元硬生生吞下湧上來的髒話，急忙跑上樓梯。

◎ ◎ ◎

利元勉強搭上五分鐘後準時發動引擎的車子，朝著市區內宏偉的餐廳出發。他雖然在路過時看過這棟建築物好幾次，但還是第一次知道那裡是間餐廳。如同「東西越大越好」的俄羅斯式思考方式，經常能看到巨大的建築物，但規模這麼大的餐廳還是第一次看到。

「沙皇，歡迎光臨。」

鄭重地彎腰迎賓的男人看起來是餐廳的經理，這樣的他竟然親自來到門口迎接帶位，就已經很令人驚訝了，但看到理所當然地接受帶位的凱撒，更讓人覺得不可思議。

也是，如果得罪了大型黑手黨組織，就有可能要面臨在寒冷的冬天被關在結凍的湖水裡，等待春天來臨的慘況。

利元暗自嘲諷著露出親切微笑帶位的經理。兩人坐進隨後跟上來的服務生拉開的椅子裡，經理立刻遞上菜單後，和服務生一起離開了。

餐廳內部跟外觀一樣寬廣，坐滿了許多前來享受、用餐的人。菜單上的金額幾乎等於利元一個月的生活費，但對聚在這裡的人來說只不過是一餐的費用。

利元瞥了凱撒熟練得比起餐點、先選擇葡萄酒的樣子一眼。當他抬起頭來，在一旁待命的服務生立刻靠近、俯下身來。凱撒點了一瓶一九八二年的柏圖斯(Petrus)葡萄酒後，瞄了利元一眼，像是在問他是否滿意，而利元只是稍稍皺了一下眉頭。

其實不管是喝幾千盧布的葡萄酒還是水，對利元而言都沒有太大的差別。現在最重要的是那個男人手上的資料，那個文件信封裡究竟放著什麼？利元雖然很好奇，但在餐廳門口將外套交給服務生後，不知不覺間他手上就空了。利元雖然很焦急，但決定先觀察一下。

如果是沒什麼大不了的東西，我就要刺他的頸動脈了。

他瞄了一眼放在桌上的餐刀，這時凱撒開口了。

「雖然喬治亞的葡萄酒也很不錯，但我更喜歡法國的。」

凱撒凝視著利元，彷彿在問他的想法。利元以不感興趣的表情回答。

「我不懂葡萄酒。」

「也有人說喬治亞是葡萄酒的發源地，你認為呢？」

利元皺了一下眉頭。

「知道這個再去喝，味道就會不一樣嗎？」

凱撒立刻接話。

「感官的多元性和知識量成正比，知道越多就會越敏銳。」

聽你在放屁！利元為了壓下自己這輩子都不會區分葡萄酒也無所謂，所以立刻把信封交出來的話語，費了一番功夫。不過凱撒似乎完全忘了把利元帶來這裡的理由，一直滔滔不絕地聊著葡萄酒。

「如果同時倒兩杯品嘗，確實能喝出不一樣的味道。葡萄酒也有各自的個性，法國葡萄酒優雅但挑剔，美國葡萄酒粗魯卻強大，喬治亞葡萄酒該怎麼說呢？一開始就像矜持的淑女一樣無聊又冷漠，但只要熟悉了就會變得妖艷動人……」

服務生剛好端來柏圖斯葡萄酒，凱撒確認過標籤，稍微試飲之後點點頭。服務生在得到同意後，在利元的酒杯裡倒入葡萄酒就再次離開了。凱撒像是要乾杯似的拿起酒杯說話了。

「享受一下，料理也是一種藝術。」

他似乎不知道藝術是有錢人的專利。

利元在心裡這麼想著，默默地把葡萄酒拿到嘴邊。

「很不幸的，在俄羅斯無法開跑車，因為隨時會下雪和颳大風，沒有車頂真的很困擾，不過我總是會買，為了完全不開的車甚至擴建了車庫。」

知道了啦！所以快點把信封交出來！

之前也感受過了，這個男人真的很喜歡試探人的忍耐極限。用餐已經持續了一個小時，而凱撒一次也沒提到關於文件的事情。葡萄酒只不過是個開始，話題從足球到遺傳，還講到最近獲得諾貝爾獎的作家，現在竟然在說一輩子可能也看不到一、兩次的超級跑車。

利元緊握餐巾的一角，好不容易壓下拿起餐刀揮向凱撒的衝動，眼睛胡亂瞄向凱撒周圍。他到底放在哪裡啊?!利元左耳進、右耳出地聽著凱撒對歐洲車的讚揚，拚命壓抑住想抓住對方的領口，叫他交出信封的自己。

從葡萄酒換到足球的話題時，利元雖然愣了一下，但也就先算了。既然答應赴約用餐，想說基於禮貌要稍微應對一下。不過現在已經受夠了，利元的耐心已經到達極限，如果凱撒又丟出新的話題，繼續拖延時間，他就打算不再忍耐了。

「為您上甜點。」

本以為終於要結束了，卻是天大的誤會。很不幸的，餐廳特別準備的甜點套餐，竟然前前後後要上五盤。當第一個甜點冰淇淋端上來時，凱撒就開口了。

「冰淇淋的起源是……」

同時，利元突然站了起來，放在膝蓋上的餐巾掉到了地板上，他卻視而不見。對於停止說話、抬頭看著自己的凱撒，利元用冷漠的聲音說道。

「如果你不打算給我資料，我可沒理由跟你這樣耗下去。」

利元正打算要回去時，站在一旁的服務生立刻靠過來，把信封遞給凱撒。利元馬上停下動作望向凱撒，凱撒一手接過信封，一邊凝視著他。

「東西在這裡。」

利元越過桌子想伸手奪過信封，凱撒卻輕易一縮手，讓他撲了個空。

「可不能白白給你。」

利元皺著眉頭心想「到剛剛為止受的刑求還不夠嗎」之時，凱撒說話了。

「吻我，我就給你。」

在人最多的晚餐時段，知名餐廳內滿滿都是客人和服務生，也有不少人正偷看著流露出微妙氣氛的兩人。凱撒瞇著眼睛，像是在說「你會怎麼做呢」。

利元一點都沒有猶豫。

他隔著餐桌，保持站立的姿勢彎下腰來，將自己的唇瓣貼到凱撒的嘴唇上。充滿彈性的柔軟嘴唇快要碰觸到凱撒端正的唇瓣時，輕輕吻了下去。

凱撒不自覺地閉上眼睛，當他發出如讚嘆般的嘆息時，利元的手一把搶走凱撒手上的信封，接著親吻也結束了。

利元立刻挺直了身體，跟平常一樣面無表情地俯視著凱撒。

「那我先走了。」

短暫地道別後，他立刻轉身離開了餐廳，留下凱撒和露出驚訝的表情看著他們的人們。凱撒靜靜地看著利元的背影，嘴角漸漸浮現出笑容。服務生在一旁遲疑地觀察著他的臉色，小心翼翼地靠過來整理空盤，在凱撒面前擺出下一道甜點。看起來相當可口的紅酒果凍放在凱撒面前，但他沒有碰，只是從西裝暗袋裡拿出雪茄點了火，嗆辣的煙霧滲入肺的深處。

你果然很有趣。

凱撒冷靜地吐出菸，臉上露出比任何時候都更加滿足的笑容。

「天啊！你真的好了不起！」

訴訟結束後一走出法庭，尼可萊就滿懷感激地喊道。對原本預期絕對會敗訴，甚至還想過是否該去自殺的他而言，今天的訴訟簡直就像是奇蹟。利元笑著警告他不可以放心得太早，心情卻有些複雜。

凱撒給的資料非常驚人，雖然是十年前的事情了，但茲達諾夫用同樣的手法搶走了別人的土地和建築。惡行的證據明明白白地留了下來，捏造了文件的人、毫無疑問立刻執行的程序，還有因此生活不下去而失去性命的一家人。

所有證據都很明確，當然，當時就算備齊了這所有的文件，他們也可能會失去一切，過了十年歲月的現在，也不一定可以打贏官司。俄羅斯依然是貪汙腐敗的天堂，不過，深深的隧道裡，確實是打進了一道如針孔般細微的陽光。

「現在才剛開始，你要更堅定心志，因為今後會有你無法想像的威脅。」

「嗯，我知道了。」

尼可萊用依然興奮的表情堅毅地點點頭。茲達諾夫剛好和律師團一起走到外面，他用可怕的眼神瞪了尼可萊和利元之後，立刻快步走過走廊，消失在他們的視線裡。

「好，那麼今天……」

「是啊，真的辛苦了。我要快點回去告訴老婆，謝謝你，真的謝謝你。」

尼可萊接連道謝後急忙轉身，飛也似的跑走了。利元看著他的背影露出苦笑。

本來想要準備下一次訴訟的。

嗯，只有一天應該沒關係吧！利元這麼想後，立即跟在他後頭走出法院。雖然現在才剛開始，但以起頭來說還不錯，問題是接下來會變得越來越困難，他準備的證據只有這些，只憑這個，法院真的會站在尼可萊這邊嗎……？

利元不禁嘆口氣，突然感受到視線而抬起頭來。陽光明媚的大馬路旁停著一輛優雅的轎車，從貼著深色隔熱紙的車窗根本無從得知裡面是否有人，但他本能地感受到了，接著他察覺到那輛車很面熟。利元不知不覺間放慢了腳步，慢慢靠過去，而車窗無聲無息地打開了。

「你好，律師先生。」

泛著銀光、悠閒開口的男人露出微笑。

「訴訟結果應該還不錯吧？」

利元並沒有努力掩飾自己不高興的表情，回答道。

「現在只是開始而已。」

「哎呀，還有很長一段路要走呢。」

凱撒假裝惋惜地說完，拿起了某個東西。

「如果有這種東西，或許會很有幫助吧？」

利元一言不發地愣在了原地，不用問他也很清楚，那是現在這一刻尼可萊迫切需要的東西。車門打開的悶響從緊閉的車裡傳來，利元看著順暢打開的車門裡，凱撒微笑看著他，就像是在問「你要怎麼做」。

砰。

過不久車門關上了，利元搭上凱撒的車離開了。

第8章

咚咚。

聽到敲門聲，利元抬起頭來，奶奶過了一陣子才把門打開。

「休息一下再繼續吧。」

奶奶親自把手工餅乾和紅茶端來給利元，他急忙站起來接過托盤，但沒有可以放置的地方。利元為難地看著散亂著文件、資料和書本的書桌和地上，奶奶也咋了咋舌。利元心想奶奶又要念他了，不禁縮了縮肩膀，奶奶卻意外地沒說什麼，只是環顧了一下周圍。

「我可以收拾一下這個嗎？」

奶奶指著床上成堆的資料問道，利元依照文件的位置想起它的內容，點點頭。

「可以，只要推過去就可以了……」

奶奶比平常更小心翼翼地把文件推過去，好不容易空出能放下托盤的位置，利元鬆了一口氣，俯視著奶奶。

「謝謝。」

樸實的餅乾沒有幾個形狀是完整的，利元隨手抓起一個放進嘴裡時，奶奶問道。

「還要很久嗎？」

利元喝著她端來的熱紅茶，嚥下嘴裡的食物後回答。

「因為訴訟過程很漫長……這還在我的預料之中。」

「尼可萊看起來很疲憊。」

聽到奶奶的話，利元點點頭。

「大部分的人都會在訴訟過程中累到放棄。」

到做出判決為止還很遙遠，茲達諾夫正在拚命做最後的掙扎。雖然用明確的證據緊逼著他，但依然無法預測到結果。

需要決定性的一擊。

利元一臉嚴肅地嚼著餅乾，他想起來的人只有一個。

凱撒。

每次訴訟結束，他就會出現，提供一個需要的線索或關鍵證據。他的行為像一種習慣一樣不斷持續，即使利元心裡不太甘願，不知不覺間還是會等待下一次來臨。

他無法抗拒，對於茲達諾夫那種違法的荒謬行為，能給他確切證據的人只有他。

問題在於不能白拿。

天下沒有白吃的午餐，這是他人生中體驗過無數次的教訓。利元這次也依照凱撒告訴他的資訊，追蹤被茲達諾夫解雇的祕書找到了線索。雖然他已經逃亡到國外了，但留下來的家人偷偷說出他和茲達諾夫之間似乎有過某種交易，利用這一點再深入挖掘，應該就可以找到收受賄賂的證據。

……可是……

他就算踏破鐵鞋、想破了頭，依然找不到可以痛快解決尼可萊案件的方法。冠軍會被刺拳打倒，但光只有刺拳沒有效果。

需要最後的還擊。

利元這麼想著，再次深深皺起了眉頭。

៚ ៚ ៚

咚咚。

聽到敲門聲，凱撒抬起頭來，盧德米拉露出尷尬的表情進來報告。

「那個，有客人來訪……」

聽到她缺乏自信的聲音，凱撒突然想起之前那場令人啼笑皆非的騷動。他瞥了她背後一眼，看到訪客一臉燦爛地揮著手。

「你好啊，兄弟。」

原來是狄米特里。面對不發一語地看著自己的凱撒，他隨興地靠了過去，一如往常地露出微笑。

「你看起來很失望呢，是在等誰嗎？」

盧德米拉退到後面偷瞄凱撒的表情，但根本看不出跟平常有什麼不同。歪了歪頭的她關上門後，凱撒終於開口。

「有什麼事？也沒事先連絡。」

「我哪時候是會連絡再過來的？」

狄米特里悠然自得地坐到長沙發上，掏出菸來瞄了凱撒一眼。跟大部分的人一樣，凱撒也把辦公室當作會客室使用，但幾乎沒有人會像他這樣突然跑來。

狄米特里很有自信地認為自己對凱撒來說是「特別」的，每次都像這樣堂堂正正地跑進辦公室。雖然這樣總是會讓凱撒皺眉，但從來沒有受到懲罰，可是今天卻不太一樣。

「以後要先約，我很忙的。」

「你不在的話，我就跟盧德米拉玩好了。」

「那你去跟盧德米拉約時間。」

正要抽菸的狄米特里停住動作看向他，露出不知所措的表情，凱撒卻面無表情地繼續說。

「我現在要去辦事情。」

「什麼？什麼事情？你今天明明應該有空的啊！」

凱撒沒有回答，而是朝著門的方向皺起眉頭。狄米特里揮揮拿著菸的手。

「不是盧德米拉說的。」

凱撒立刻將視線投向電話。

「我應該說過不要再竊聽了。」

聽到他平靜的聲音，狄米特里自然地回答。

「監視你可是我人生的樂趣呢！」

凱撒不再多說，站了起來。找出、拆除狄米特里設置的竊聽裝置已經變成了生活的一部分，即使拆掉，他還是會再次安裝上去，所以就只能放任不管了。凱撒心想ＫＧＢ就是這麼麻煩，不耐煩地沉默著穿上掛著的西裝外套。

「你要拋下我離開嗎？」

超過一百九十公分的大男人裝可愛也沒用。凱撒默默地用單手輕撫了狄米特里的頭之後，離開了辦公室。狄米特里順了一下被撥亂的頭髮，聳了聳肩，並沒有跟著出去。

看著鏡子、仔細擦著口紅的盧德米拉被突然走出辦公室的凱撒嚇了一跳，因為如此，紅色的口紅從嘴角畫了出去，凱撒卻視而不見地大步經過她身邊。

尤里西站在正在待命的轎車前，當他一看到凱撒出現，立刻慌忙地靠過去報告事情，而凱撒點了點頭。他很快確認手腕上的錶之後，嘴角浮現淺淺的微笑。

是時候該去餵飢餓的老虎了。

◎ ◎ ◎

好不容易結束訴訟走出來時，尼可萊幾乎臉色鐵青，看起來很憂鬱，很明顯因為看不見盡頭的抗爭而疲累不已。相反的，後來走出的茲達諾夫卻顯得意氣風發。帶著律師團出來的茲達諾夫看到利元將手放在尼可萊的肩膀上，默默鼓勵著他，毫不猶豫地露出嘲笑的表情，就像是在說「不管你們再怎麼對抗，最終也會累得放棄的」。

尼可萊無力地看著茲達諾夫的背影，而利元一臉正經地說話了。

「都走到這一步了，不能放棄！我一開始不就說過了嗎？訴訟最重要的就是比誰撐得久。加油！你的小孩就快要出生了。」

即將臨盆的太太在家裡焦急地等待著消息，利元看著尼可萊想起心愛的太太和即將出世的孩子，好不容易打起精神，暗自覺得慶幸。

「晚餐要在我家吃嗎？我老婆應該在等著你。」

聽到尼可萊的提議，利元搖搖頭。

「抱歉，為了訴訟我得去調查一些事情。」

「都是因為我害你那麼辛苦，對不起。」

看到他的立刻變得低落，利元故意開朗地笑道。

「這是律師該做的事情，不用在意。」

利元輕輕拍著他的肩膀，跟他一起走出法院。他不自覺地環顧四周，立刻發現了如他預期的情景，大馬路上停著熟悉的轎車。利元馬上將注意力轉移到尼可萊身上說道。

「叔叔，你可以自己一個人回去嗎？我現在要去辦一些事情。」

尼可萊沒什麼特別反應地點點頭。

「你為了我真的是辛苦了。」

「請別說那樣的話。」

利元露出苦笑，輕輕與對方擁抱。等尼可萊為了搭地鐵而轉過身去，他就朝轎車走去。他沒有等待司機下車，直接打開門坐了進去。司機立刻發動引擎，車內繚繞著已經熟悉的嗆辣雪茄味道，他瞄向一旁時，凱撒把燃燒著的長雪茄從嘴邊拿開，開口道。

「你看起來很累。」

「因為是長期抗戰。」

自從訴訟開始後，利元就不曾熟睡過，每天都只是小睡片刻。那也沒辦法，不同於背後有跨國大型律師事務所撐腰的茲達諾夫，這邊的律師只有利元一人。雖然有尼可萊努力幫忙處理雜事，但大部分事情最後都落在利元身上，他當然會累。當他把身體埋在比自己的床還要舒服的皮製座椅裡，嘆了口氣的時候。

「我有事情想委託你。」

利元轉動眼珠看向旁邊，而凱撒用細長的眼睛凝視著他。

「我會給你很高的委任費。」

「我不幫黑手黨做事。」

聽到利元毫不考慮地立刻回絕，凱撒假裝驚訝地眨了眨眼睛。

「你連想都不想就直接拒絕嗎？」

利元面無表情地看向前方。

「總之我不做。」

凱撒把雪茄放回嘴邊，慢慢吸入的雪茄燃燒著紅色的火花，他慢慢吐出白茫茫的煙霧，再次開口。

「訴訟似乎會越拖越長。」

嗆辣的菸在車內瀰漫，凱撒又吐出一口菸後說道。

「你不想要一擊定勝負的證據嗎？」

凱撒靜靜的提問讓利元轉過頭來。他已經見慣了用細長眼睛凝視自己的銀灰色瞳孔，那是要求交易的眼睛。利元感到懷疑似的皺起眉頭，凱撒移開視線，正眼看向了他。

「到目前為止只是步槍，但這次可是火箭筒……」

凱撒故意停頓了一下，慢慢地接著說道。

「如果你接受我的委託，你也可以得到那個。」

利元這次沒有立刻回話，只是滿臉疑惑地看著凱撒。他在飢餓的貓面前搖晃著巨大的鮪魚。利元用力咬了一下嘴唇，他這麼說並不是吹噓，到目前為止就是靠凱撒提供的證據好不容易才讓訴訟持續到現在的，這件事雙方也都很清楚。

以目前的經驗來看，凱撒所說的「火箭筒」應該和過去那些證據根本無法比較，一定會成為一舉抓住判決勝算的關鍵物證，但是利元閉上嘴巴沒有回答。凱撒從容地把雪茄拿到嘴邊說話了。

「這比起被獅子吃掉或活埋，更容易選擇吧？」

透過濃郁的雪茄煙霧，兩人無言地對看。

車子不知不覺已經抵達利元所住的公寓。車子放慢了速度，旋即停了下來。

「好好想想。」

凱撒從懷裡拿出小小的紙條，放進利元的外套口袋裡。接著開門聲響起，車門打開了。稍稍停頓的利元很快拿起公事包轉過身去。

「等等。」

突然聽到叫他的聲音，利元不自覺地回過頭看。凱撒咬著抽得差不多的雪茄微笑道。

「今天不跟我吻別嗎？」

凱撒感到期待似的張開雙臂，而利元面無表情地警告了他。

「別太過分了。」

利元冷漠地說完，立刻轉身下車，突然能感覺到笑聲從背後傳來。利元恨不得用紙條丟他，車子卻早已開走了。利元皺著眉頭，看著遠離的車尾，手上還有皺成一團的紙條。

他其實可以把紙條直接丟在地上，雖然很想卻又有點猶豫，就這麼站在那裡好一陣子，最終還是把紙條放回口袋，帶著比任何時候更複雜的心情朝著家裡走去。

「你回來啦！」

剛好正在擦桌子的奶奶從窗裡看到他，先幫他開了門。利元像平時那樣露出微笑，親吻了她的雙頰。

「我回來了。」

「對了，你還沒吃晚餐吧？你去洗個手就下來吧，今天的晚餐很豐盛喔！」

利元知道奶奶的生活並不寬裕，因此訝異地看著她。奶奶繼續說道。

「尼可萊的太太為了感謝你送了我一塊豬肉。」

利元一言不發，只是看著奶奶，她忙碌地做著麵包接著說。

「她說如果官司打輸就要流落街頭了，不知道未來該怎麼生活。看到她一直很擔心，我就跟她說你是全俄羅斯，不，全世界最棒的律師，所以一定會贏，對不對？」

奶奶轉頭瞥向利元，皺巴巴的臉上透露著信任的光芒。利元只是尷尬地笑著，沒有回話。

利元不同於平時，慢吞吞地走上了嘎吱作響的樓梯。他打開門走進去，沒有脫下外套直接癱坐在床上。利元猶豫著把手放進口袋，拿出了紙條，上面寫著陌生的號碼。他出神地看著便條紙，把它丟進了垃圾桶。

꩜ ꩜ ꩜

♩♪♬♪♪♬……

利元從一大早開始就心煩意亂，根本無法專心。為了醒腦正在泡茶的利元聽到鈴聲響起，從廚房走了出來。是尼可萊打來的，這個時間他應該正在工廠工作，有什麼事嗎？利元不知為何有種不祥的預感，接起了電話。

「是，叔叔，有什麼……」

「糟……糟糕了，你快過來這裡！」

尼可萊的聲音聽起來就像立刻要哭出來般急迫，驚訝的利元還沒來得及問理由，就聽到他大喊。

「工廠被封鎖了！」

瞬間，利元全身僵住。工廠被封鎖了？這是怎麼回事？衝擊沒有延續太久，利元急忙恢復理性，趕緊拿起外套說道。

「我現在立刻過去！」

從掛斷的電話那頭好像能聽到人們的喊叫聲。希望別出大事……利元一腳跨過兩、三個階梯，在內心祈求著，但比任何人都清楚情況並不樂觀。

不好的預感從來沒有出過差錯，搞不好那是因為人類的本能比起幸福，對於不幸更加敏感。利元站在因尖叫和大喊而亂成一團的工廠前，呆呆地看著眼前的景象。

工廠的門緊閉著，上面用紅色大字寫著「封鎖」兩個字。不過現在不能只是發愣，圍繞工廠四周、穿著西裝的男人們正無情地推開哭喊著撲上來的尼可萊和員工們，對他們施暴。大腹便便的尼可萊太太原本正在辦公，也被拖了出來，對著他們求情。

「尼可萊叔叔！」

利元看到尼可萊慘叫著摔在地上，慌忙地跑過去。被正面打中臉的尼可萊流著鼻血，倒在地上站不起來，利元立刻發起抗議。

「這是在幹什麼?!」

毆打尼可萊的男人瞥了利元一眼，別說解釋了，還一副要揮拳過來的樣子。利元閃躲開來，勉強壓抑住想要立刻揮出的拳頭。這些人怎麼看都不像是黑手黨，要是打了一般人會有麻煩，首要之務是要先了解狀況。

「你這小子是誰啊？」

對著說話不客氣又想推開自己的男人，利元用銳利的聲音大喊。

「我是尼可萊先生的律師，現在這是在做什麼？你們到底是什麼人？」

聽到他是律師，男人愣了一下，但臉色絕不慌張，只是露出事情變得有點麻煩的表情說道。

「這是市議員的命令，叫我們封鎖工廠。」

利元才發現他們是市公所的員工。

「茲達諾夫議員應該沒有這種權力。目前審判還在進行，竟然擅自封鎖工廠，這擺明了是違法行為，我要叫警察。」

「我不清楚那些，這是命令狀，好了，行了吧？還不快滾！」

男人把皺巴巴的文件塞給利元後大喊。不得已往後退的利元急忙查看文件，露出扭曲的表情。

「是……是怎麼回事？怎麼了？上面寫著什麼？這個文件是真的嗎？」

對於尼可萊焦急地提問，利元用蒼白的臉色回答了。

「是的。」

聲音像卡在喉嚨般，沙啞地傳出。

「是真的。」

利元聽到尼可萊癱坐在地上的聲音。想要從四面八方進入工廠的員工和男人們正在打鬥，慘叫聲和哭聲傳了過來，那當然都是勞工們發出來的。利元握住文件，咬緊嘴唇，封鎖程序上並沒有瑕疵，利元束手無策。

「啊啊！」

女人高亢的尖叫聲從一群粗暴的男人中傳來。利元反射性地回過頭，看到尼可萊的太太抱著肚子搖晃著，臉色鐵青的尼可萊摀住流血的鼻子跑了過去。

「老婆，安娜！」

「太太，妳還好嗎？」

利元也著急大喊著跑過去時，彎下身癱坐到地上的她瞪大的眼睛眨了眨。

「老公，孩子……」

尼可萊和利元的視線同時投向她的肚子，這時才發現她的孕婦裝溼掉了，原來羊水已經破了。

比預產期更早來到世上的嬰兒哭聲很微弱，尼可萊低頭看著勉強占據自己一個手臂的小小身軀。

「辛苦了，老婆。」

看著太太憔悴的身影，尼可萊難過地緊握住她的手。利元默默看著他們，道賀之後，和尼可萊一起走出病房，尼可萊看起來比任何時候都還要疲憊。

「叔叔。」

利元為了鼓勵他，把手放到他的肩膀上。

「我會仔細調查後提出抗議。審判還在進行，竟然就下達了那樣的命令，這是濫用議員職權。如果這件事被揭發了，應該也能得到陪審員的共鳴。」

「是啊……應該可以吧。」

尼可萊的聲音依然很無力，利元想要再次說話，但他先開口了。

「我知道你想說什麼，我也知道你一直以來都很努力幫助我。是啊，得加油才行，現在連小孩都出生了，我不能就這麼放棄，要撐下去才行，一定要贏才行，可是……」

尼可萊的聲音微微顫抖。

「我真的好累。」

尼可萊閉上眼睛，本以為男人粗糙僵硬的手只會暫時停留在溼潤的眼睛上，但是他沒有再放開了。利元無法再說出任何話，只能把手放在他的肩膀上保持沉默。能聽到走廊上來來往往的腳步聲，利元只能站在那裡，看著絕望的尼可萊，什麼都做不了。

房間裡一片死寂，利元好幾個小時都一動也不動地坐在床上。他怎麼想都認為只有一個方法，「呼」地深呼吸了一下，趁自己改變心意之前站了起來。

利元朝著垃圾桶走去，心情卻盪到了谷底，他不得已拿起垃圾桶翻了一下，突然皺起眉頭。他現在才想起自己早上已經倒過垃圾了，表情立刻變得猙獰。

「該死！」

利元把垃圾桶踢開。怎麼辦？痛苦的呻吟不自覺地從喉嚨洩出。他閉上眼睛，朝著天花板吐著不斷湧出的嘆息，這次他下定決心，改去找另一樣東西。他在堆積如山的文件裡好不容易找出名片，瞪了一下那個號碼後，快速按下按鈕。他突然想到如果這個號碼是空號怎麼辦，但是那種事情並沒有發生。

「感謝您的來電，這裡是祕書室。」

他暫時停頓了一下才開口。

「我是之前會面過的律師，我想跟凱撒先生通電話。」

盧德米拉似乎瞬間倒抽了一口氣，甚至忘了說「替您轉接」就慌忙按下按鈕。一陣單調的撥號音傳來後，過不久就接通了。

「我告訴過你的號碼呢？竟然打到辦公室，還真令人意外。」

凱撒用毫不驚訝的聲音挖苦他，說話的口氣就像是已經猜想到利元會把紙條丟掉了。

利元沒有回答他，直接切入正題。

「我接受你的委託，但是你不能殺人，或是致人於死地。」

他感受到凱撒無聲地笑了。凱撒並沒有拖延，立刻說道。

「明天我會派車過去。」

利元以為通話會到此為止，但凱撒像是事後才想起來般補充說明。

「不是違法的事。」

他說完就把電話掛斷了。利元一直低頭看著手機，後來才顫抖著嘆出一口氣，他已經做出了選擇，現在只剩下行動了。

凱撒沒有告訴他時間，利元也沒有白費力氣再打電話詢問幾點會派車過來。凱撒那樣滴水不漏的男人，不可能發生「忘記說」這種事。

雖然他有可能「故意」忘了說。

他現在一定是在期待我戰戰兢兢地等待車子什麼時候會出現的樣子。當然，利元不打算因為那種沒必要的事情浪費時間。

他跟尼可萊一起在醫院待到天亮，回家之後稍微小睡一下，在和平時同樣的時間走下樓梯。他和奶奶一起吃完簡單的早餐，回到房間，又開始埋首準備尼可萊的官司。雖然不知道凱撒會給他什麼線索，但除了那個之外都必須完美準備好。他忙碌地找著判例和資料，重新研讀過去的審判結果，時間飛快地來到中午。

「那個、利元。」

奶奶猶豫地碰了碰利元的肩膀，太過專注的利元嚇得倒抽了一口氣。他瞪大眼睛回過頭看，奶奶露出了苦笑。

「有客人找你。」

「啊，好的。」

那時利元才點點頭，在資料上標註自己看到哪裡。他穿上外套一走下樓，便看到眼熟的凱撒手下站在那裡。

「不先吃完午餐再走嗎？」

奶奶的詢問讓利元回過頭，凱撒的手下卻先開口了。

「他正在等您。」

他的聲音充滿了焦慮，明顯是因為不知凱撒是否正在等待利元而感到焦急。利元對著奶奶微笑道。

「抱歉，我得去見委託人了。晚餐我會回來吃。」

利元輕輕吻了一下奶奶，便轉過身去。手下露出安心的表情，急忙走出咖啡店，利元沒有問些什麼，搭上待命的車。轎車在地鐵和車子往來的大馬路上熟練地奔馳著。

ɞ ɞ ɞ

利元似乎不小心睡著了，當感覺到轎車放慢速度時，他醒了過來，用呆滯的表情看向窗外，外頭的景色十分陌生。原來有這樣的公園嗎？利元看著平整的道路兩旁的蔥郁樹林，他突然想起這裡應該是私人土地。組織成員把車子停下，等待的管家幫忙開了車門。

「歡迎光臨。」

利元向鄭重行禮的人回了禮，抬起頭來。宅邸的規模超乎想像，大到應該放得下好幾棟利元住的老舊公寓的宅邸，就像是在俯瞰、嘲笑著來訪的客人。

「這邊請。」

利元回過頭來，管家在前方帶他進去。他們不發一語地朝著玄關走去，站在兩側、穿著黑西裝的男人們視線也都隨著他移動。

家裡各個角落都充斥著令人窒息的死寂。利元突然感受到微妙的氣氛，在民族或人種鬥爭激烈的俄羅斯住了七年，自然形成了一種本能，那就是能感受到他人對自己明顯的敵意。

經過玄關的利元和守在門前的男人對到了視線。利元就那麼固定著視線邁開腳步，男人直盯著利元歪了歪嘴。

Bang。

他用嘴巴模擬槍聲，同時用手指比出開槍的手勢。利元保持禮貌的態度，面無表情地經過他身邊。

會客室設計成類似溫室的構造，玻璃製的牆壁和天花板讓北方寶貴的陽光照滿整個室內。家具只放著看起來很舒適卻古舊的沙發、桌子和時鐘，牆壁和地面以泥土和草木構成。利元在其中發現了一把用繩子代替四隻椅腳固定在天花板上，飄浮在空中，讓人聯想到繭一般的椅子。

彷彿將雞蛋直切成一半的橢圓形椅子看起來非常舒適，他突然看到椅子下方垂著一雙修長的腿，這時管家跟利元說「失陪一下」。利元看著他走向椅子，低聲說了些話，椅子停止緩慢的搖動，高大的男人背影從椅子上站了起來。

「歡迎你來，律師先生。」

凱撒露出淺淺的微笑，與利元對視，北方的陽光灑落在男人身上，閃耀著銀色的光芒。

6 6 6

「來的路上有沒有什麼不愉快？」

將利元帶到另一間會客室面對面坐下後，凱撒開口道。毫無聲息地消失又出現的管家在利元和凱撒面前各自放下茶杯。

「沒有。」

聽到利元簡短的回答，凱撒靜靜地笑了一下，把紅茶端到嘴邊。他很快皺了一下眉頭，但什麼都沒說，等管家離開會客室後，利元才得知他皺眉的理由。

「盧德米拉泡的紅茶果然沒有人比得上。」

利元只是默默地看著他搖頭。今天凱撒沒有穿西裝，而是穿著寬鬆的針織衫和棉褲，總是梳理整齊的淺金髮，今天也隨意地散落開來。利元看著難得休息的掌權者休閒的樣子，開口道。

「這裡是你家嗎？」

聽到他冷靜的提問，凱撒用悠閒的表情回問。

「你喜歡嗎？」

利元老實地回答。

「暖氣費應該很貴吧。」

眨著眼睛的凱撒用像是在憋笑的奇妙表情說道。

「沒有到付不起的程度啦。」

「應該吧。」

看到凱撒以沒什麼大不了似的表情帶過，利元立刻切入正題。

「我要負責的是什麼案件？」

凱撒伸出手來，雖然利元一瞬間變得緊張，但他的手伸向的是雪茄盒。

「不是什麼大事，只是小小的財產權之爭……」

凱撒一邊說一邊挑著雪茄，利元雖然皺起了眉頭，但凱撒依然翻著雪茄，漫不經心地說道。

「你聽過貝爾達耶夫這個名字嗎？」

那是前市長的名字，雖然他現在已經變成冰冷的屍體埋在土裡了。利元一言不發，只是不耐煩地瞪著凱撒持續挑著雪茄的優雅手指關節。即使利元一直皺著眉頭，凱撒依然視若無睹，忙著挑選雪茄。利元對於他的態度當然感到相當不滿意，也不打算繼續忍耐。

利元突然伸出手來，用力抓住凱撒的手腕。對於這突如其來的行為，凱撒轉移了視線，兩個人四目相接。利元用可怕的眼神凝視著他，開口道。

「說話時看著對方是禮貌。」

凱撒什麼都沒說，只是靜靜地看著利元。緊握的手裡可以感受到男人強而有力的骨骼，被和頭髮同樣是淺金色的睫毛框起的灰色眼眸格外深邃，凱撒的嘴唇誘惑似的慢慢開闔。

「失禮了。」

利元看到他露出淺淺的微笑，才鬆開用力抓住的手，將背靠回沙發上。凱撒不再費心挑選雪茄，讓手離開了雪茄盒。

「我想說的是關於前市長的事。」

「我知道。」

這時利元才回答。

「市長的死因不明。」

利元心不在焉地說完，瞄了凱撒一眼，看到他淺淺地一笑。

「人不管怎樣都會死。」

他雖然沒說錯，但問題在於「怎麼死的」。凱撒看到利元緊皺著眉頭，懷疑地看著自己，便慢慢地開口。

「如果認為黑手黨每次都只會做違法行為，那就是偏見。」

他說得沒錯，但利元沒有收回懷疑的眼神。凱撒把手放在沙發扶手上，放鬆地說道。

「市長有很多女人，但沒有正式踏入婚姻，沒有子女也沒有家人。」

凱撒瞇起眼睛。

「他留下了龐大的房地產和現金。」

利元立刻察覺到他要委託自己的內容。

「所以你想把那些弄到手嗎？」

「有不能拿的理由嗎？」

凱撒反問。

「反正我不拿，還是會被其他人拿走。」

利元雖然不想同意，但那是事實。市長能累積財富，是背後有大型黑手黨在撐腰的傳聞十分有名，為了占據鉅額遺產，黑手黨之間引發戰爭的情況，任誰都能想像得到。利元再次詢問。

「所以那跟我負責的官司有什麼關係？」

「沒有直接的關聯。」

凱撒笑了一下。

「不過貪汙不是一個人能完成的。」

凱撒不經意地看向自己空蕩蕩的手，將視線投向雪茄盒，然後聳聳肩地補充道。

「蒼蠅總是會成群飛舞。」

腦海裡的拼圖突然拼湊出來了，利元皺著眉頭慢慢開口。

「市長和茲達諾夫議員勾結在一起了……？」

凱撒用反問代替回答。

「你現在知道你為什麼該承接這件事了吧？」

利元看著他無聲微笑的臉，認真地陷入思考。原來如此，這樣的話就說得通了。如果因這件事引起紛爭，茲達諾夫的貪汙浮上檯面，僅憑這點，就足以讓他受到很大的打擊。

如果好好運用媒體，不僅能剝奪他的議員職位，甚至還能送他去坐牢，也能打贏尼可萊的官司了。

利元有了把握，違法行為一定能成為他的致命弱點。貪汙的政治人物聯手打造的成果，一定會成為迴力鏢回到他們身上。觀察利元反應的凱撒笑著自言自語道。

「我的老虎咬住誘餌了嗎？」

利元皺了皺眉頭，心想他突然說些什麼？不過凱撒沒有繼續說下去，直接轉移了話題。

「那我帶你去房間吧。」

「房間？」

利元因凱撒的意外之言感到訝異，凱撒點了點頭，繼續說道。

「伊果爾應該有把比較急的文件拿到你的房間裡了，其他全部都在書房。房間和書房相連，你可以隨時去找資料。」

「等等。」

利元急忙制止他。

「我完全沒有想待在你家，我會在看完資料後再跟你連絡，你把資料送到我家。」

凱撒露出驚訝的表情，但利元立刻知道那是假裝的。

「你是開玩笑的吧？如果把這些全部放進你那小到不行的房間，你就得睡在走廊上了。」

他的口氣就像是看過利元的家，但他搞不好真的看過了。利元突然這麼想到，皺了一下眉頭。不會吧？他不動聲色地壓下感到不太舒服的懷疑，凱撒繼續說道。

「竟然在那樣的家裡住了七年，真令人難以置信。為什麼不搬到其他地方呢？」

差不多的價格當然可以找到更大的房子，不過對利元而言有不能放棄那裡的理由。

「因為每一戶都有單獨的浴室。」

聽到利元的回答，凱撒無奈地笑了。

「那不是理所當然的嗎？」

大部分的老舊公寓都會共用浴室和廁所。自從來到俄羅斯後，利元從來沒有搬過家的理由，除了和奶奶有寶貴的情誼，個人浴室也是非常大的優點。但是利元不想跟凱撒說明這些細節。

「不是理所當然的。」

他用簡短的回答取代冗長的說明，讓凱撒皺起眉頭。

「不是嗎？」

凱撒這次不同於先前，看起來是真心感到驚訝。發現擁有許多雜學常識的凱撒竟然有不知道的事情，利元卻沒有很開心。那個男人搞不好一輩子都不會知道這種事，就這麼活下去。感到苦澀的他突然想起幾年前，建築物裡的浴室水管全部凍結，住在老舊公寓的所有人因此陷入恐慌。那之後奶奶跟各家收了一點錢，再蓋了一間公共浴室和廁所。

雖然公共浴室控管、維持在一定的溫度內，再怎麼嚴寒都不會結冰，相反的，如果真的有嚴寒襲來，那所有住戶都會跑下來，所以必須要排隊等待。利元回想起一年一定會出事一次的浴室，心想幸好現在還沒凍結。

「那我來你家上班，資料就放在這邊。」

「你要上下班？」

凱撒再次重複了利元的話，利元點了一下頭後站起來。

「我早上九點到下午五點會來上班，需要你提供午餐。」

利元提出簡單的條件。

「那我明天再過來，告辭了。」

聽到利元簡潔地道別，凱撒抬頭看向他。

「我沒辦法每天都去接你。」

對著瞇著眼睛說話的凱撒，利元面無表情地答道。

「沒關係，我可以搭地鐵。」

那瞬間，凱撒露出微妙的表情。

「很遺憾，沒有地鐵可以到我家門口。如果你想要，我可以替你蓋一座地鐵站。」

「不用了，我會自己看著辦。」

利元說完，凱撒輕輕聳了聳單邊的肩膀，就像在說隨便你好了。利元面無表情地看著他，隨即轉身離開了會客室，從關上的門縫間，能稍微看到在門外等待的管家急忙跟了上去。

自己看著辦嗎？

凱撒這時才從雪茄盒裡拿出雪茄，露出隱隱的笑容。

真令人期待。

ꩮ ꩮ ꩮ

隔天，時間還沒到早上九點，凱撒從宅邸出來，立刻了解了利元的意思。他正要上車，耳邊卻傳來令人不快的老舊引擎聲。他停止上車的動作轉過頭去，視線前方有一輛摩托車吃力地駛來。凱撒身旁的人全都跟著他看向那裡，在眾目睽睽下，隨時有可能壞掉的摩托車發出痛苦的喘息聲努力奔馳過來，準時在九點抵達了宅邸大門。

在屏息寂靜中，穿著廉價西裝的男人脫下安全帽，某個角落突然傳來小聲的嘆息。凱撒用「哪來的廢鐵」的表情，無言地看著利元從摩托車上下來。利元朝著凝視著自己的凱撒說話了。

「準時九點。」

然後若無其事地經過凱撒身旁。他在緊張的氛圍中依然理直氣壯地走著，在純俄羅斯人對外國人露骨的敵視中，別提畏縮了，連猶豫的樣子都沒展現出來。當他在玄關前停下腳步，惡狠狠地盯著他的男人們反而露出嚇到的表情。利元用從容的表情轉頭看向管家。

「可以麻煩你幫忙帶路嗎？」

慌張的管家輪流看著凱撒和利元，好像是在擔心是否可以不送主人出門上班。凱撒這時才簡短地下令。

「帶他過去。」

「是，沙皇。」

管家急忙朝利元奔去，打開門帶他進去，一直到那時，凱撒都不發一語地望著他的背影。凱撒注視跟著管家大步走進家裡的利元，臉上突然露出笑容，那一瞬間，屏息的人們全都嚇得止住了呼吸。

沙皇竟然笑了。

大家第一次看到他放鬆銳利的眼角，露出輕鬆微笑的表情。在眾人訝異的注視下，凱撒立刻回頭上車了，其中第一個回過神來的男人慌忙低下頭來，其他男人也接著彎腰行禮。將臉色蒼白、流著冷汗的男人們拋在後頭，轎車發出柔順的引擎聲離開了庭院。凱撒把身體埋在座椅裡，不同於平時，他沒有翻找雪茄盒，只是默默陷入沉思。

摩托車？

「真令人煩躁。」

聽到他低聲自言自語，司機嚇得用後照鏡偷瞄凱撒的臉，但是凱撒沒有再說任何話。

「歡迎光臨。」

管家對連續幾天都在同樣時間準時上班的利元鄭重地打招呼。第一天上班時，利元就親身體會到凱撒說的話是真的，資料真的太多了，如果把這些全部帶回家，利元可能連走道都沒得睡，必須睡在街上。

根據調查，利元明確地發現死去的男人做過的貪汙行為跟他擁有的財產一樣多。有些事情甚至只能用相當過分來形容，讓利元突然覺得他確實該死。當然，利元很快冷靜地拋開自己的情感，繼續投入工作。

凱撒每天在同一時間出門，直到利元下班前都不會回來，他在內心擔心的事情從來沒有發生過。利元每天見到他時都是在早上，而且僅僅會在玄關擦身而過。多虧這樣，利元可以放心地全神貫注於工作。

「這邊請。」

利元現在已經認得路了，卻依然配合管家的帶領走過去。眼睛細長的管家不同於一般的俄羅斯人，不輕易顯露真心，總是把自己的任務做到最好，但也僅此而已。當然，每天早晨露骨地對利元顯露敵意的組織成員，應該也都跟他一樣。

這個男人也是純俄羅斯人嗎？

利元突然這麼想到。俄羅斯經常發生恐怖攻擊和紛爭，但人種問題也很嚴重。純俄羅斯人和非俄羅斯人隨時反目、攻擊彼此。所有人類都該和平相處，那只是一種理想罷了。他第一天走進宅邸時，連皮膚深處都能感受到朝著自己的敵意。

不用問也能得知，他們是徹底排斥外國人的純俄羅斯人形成的組織。

凱撒身為那種組織的幹部卻把自己叫到家裡做事，真的讓人摸不著頭腦的男人。幸好利元不曾感受過任何威脅，但是待在對自己明顯表現出敵意的地方，還是不怎麼舒服。連替利元服務的管家也顯露出討厭他的樣子，沒有隱藏他是因為命令才不得不配合的感覺，這次也只說了必要的話，就閉上嘴帶著他往前走。利元跟在他後頭，發誓要快點完成工作，然後再也不要靠近這個家了。

「那麼，如果有需要請再叫我。」

管家把利元帶到書房，鄭重地說完就離開了。利元立刻打開門走進去，寬廣的書房內到處都是自己前一天攤開的資料，簡直亂成一團。他好不容易找到幾個文件間的空位，像踩墊腳石般跨進去，脫下外套，將外套和公事包放下後，找到位子坐下來。

今天也開始吧！

他從堆積如山的散亂文件中立刻找出昨天沒能完成的文件，馬上將精神貫注於其中。這些文件說明死去的男人如何累積財產的過程，內容多到連續三天都沒能看完。

今天一定要結束。

利元下定決心，嚴肅地皺起眉頭。

管家回頭瞄了一眼緊閉的書房門，再次走在走廊上。他現在要去執行早上主人下達的命令，他用不情願的表情開門走出宅邸。離玄關不遠的地方獨自停著一臺破舊的摩托車，管家用不滿意的臉盯著摩托車。

6 6 6

「呼——」

利元深深嘆了一口氣，將最後一頁蓋上。眼睛乾澀地要命，但他做到了。光標示起來的部分就有相當的分量，但總之得到了所需的資訊。

問題是該如何合法地把用各種非法手段取得的財產弄到手。他在嘆口氣、抬起頭來的瞬間看到窗外的風景，眨了一下眼睛。他明明是在有溫暖陽光照射進來的時候開始工作的，現在外頭卻變得一片漆黑。他慌忙地確認時間，卻僵在原地，因為水晶燈把書房照得明亮，所以他根本沒注意到現在已經過了午夜。

地鐵！

第一個浮現的想法讓利元鐵青了臉站起身來，但無法改變任何結果。他在忙亂之中也沒有弄亂文件，跳過去打開書房門跑出去的同時，身體粗暴地撞到了什麼。

「哎呀。」

男人將差點摔倒的利元抱入懷中，這麼說道。

「你總是對我投懷送抱。」

聽到充滿笑意的聲音，利元抬起頭來，露出淺淺微笑的凱撒俯視著他。

利元一時無法從撞到人的衝擊中回過神來，為意外的狀況感到疑惑。他用呆滯的表情抬頭看著凱撒，什麼話都沒說。

凱撒臉上的笑容突然消失了，視線固定在不經意張開的嘴唇上。他俯視著利元的眼神沒有平時的銳利光芒，不知不覺間變得非常溫柔。

這段時間，他們只是互相對看，沒有開口。在連眨眼的聲音都聽得到的寂靜中，他們只是凝視著彼此。

凱撒突然將頭傾斜，抱著利元腰的手臂溫柔地把他拉過來，悄悄垂下的銀色長睫毛映入利元的眼簾。微微張開的溼潤嘴唇蹭到凱撒氣息的瞬間，利元突然回到現實。

他反射性地推開凱撒的肩膀，沒料到此舉的凱撒立刻鬆開了手，雖然彼此的理由不一樣，但兩人用驚訝的眼神互看對方。利元對意外感到空虛的腰部感到慌張，急忙開口。

「因為、我趕時間。」

利元不禁結巴，然後就不再說話了。每次管家都會告訴我回去的時間快到了，是我太專注而沒有聽到嗎？凱撒默默地看著他一臉尷尬地皺著眉的樣子。他的手被利元推開後，依然不上不下地停在空中。凱撒開口了，然後才把手放下來。

「你看起來很忙，發生什麼事了嗎？」

露出淺淺微笑的凱撒表情一如往常，多虧這樣，讓利元找回了理性。他思考了一下，整理目前的情況。地鐵肯定沒有班次了，想到要用老舊的摩托車騎回家，就覺得眼前一片昏暗。

摩托車甚至常常在庭院裡就熄了火，他是好不容易才騎到這裡的。

他忍住不經意想發出的嘆息，但他的煩惱卻在啼笑皆非的狀況下解決了。

他快步走到宅邸外，看到自己停在外面的摩托車就愣住了。那裡已經沒有自己所認識的東西了，如果說之前是「廢鐵般的摩托車」，現在卻變成了破破爛爛的、「曾是摩托車的廢鐵」。被砸爛的摩托車根本無法看出原本的形狀，好不容易撐在洩氣的輪胎上。利元看著摩托車的慘狀，啞口無言，只能站在原地發愣。

「哎呀，看來是發生意外了呢。」

慢慢跟在後頭走過來的凱撒說道。看到利元立刻回過頭來，眼神中充滿了懷疑，他毫不在意般地又說了一句。

「大概是有貓爬上去了吧，這該怎麼辦呢？」

凱撒像是在說話劇臺詞般悲壯地說完，露出苦笑。

「在新的摩托車送來之前，你只能待在這裡了。」

利元默默地瞪著他，握緊了拳頭。

這個厚臉皮的黑手黨……！

他搜刮僅剩的錢買下的唯一的移動工具，竟然迎來這麼淒慘的結局。他感覺自己氣到快腦充血了，以心情上來說，就算用走的他也想走回去，但理性阻止了他。因為即使出了庭院也沒有地鐵，他被徹底關在這裡了。

利元為了冷靜下來，在內心數著數，數到三二四五，才終於鬆開拳頭轉過身去。當他們對到視線時，凱撒天真地眨了眨眼，就像完全不知情般，利元再次壓下心中的怒火開口道。

「把加班費匯到我的戶頭，非要我告訴你帳號嗎？」

聽到諷刺的提問，凱撒笑了一下。

「不用，我知道。」

他可能連我的身體有幾顆痣都知道吧！

利元這麼想著，立刻朝著宅邸走去。在壓抑不住怒火而快步移動的腳步後面，凱撒悠閒的腳步聲夾雜於其中。

◎ ◎ ◎

宅邸內非常安靜，就像全世界都睡著般，連一點呼吸聲都聽不到。利元粗魯的腳步聲響起，打破陰森的沉默，他的選擇只有一個。利元煩躁地緊皺著眉頭，再次朝著書房走去，後面傳來的另一個腳步聲十分刺耳，那是凱撒的腳步聲。他忍不住回頭對著跟隨自己走來的放鬆蹬音大吼。

「你有話要對我說嗎？跟著我幹嘛？」

對於神經質的尖銳聲音，凱撒用跟平時完全無異的表情開口道。

「工作進行得怎麼樣了？」

利元頓時慌張地愣住了。他突然感到有些不好意思，轉過頭來回答。

「還算順利。」

「我想知道確切的情況。」

以委託人來說，凱撒的要求不為過。利元閉上嘴巴，朝著書房走去。

開門後，眼前的光景讓凱撒停下腳步。他無言地看著散落在各處的文件，簡直不知道該把腳踩在哪裡。利元不理會愣住的高大背影，立刻向前經過他身邊。

他熟練地像踩著墊腳石般，穿越文件之間的空位走進去後，回頭看了凱撒一眼。凱撒皺著眉頭站在那裡，用皮鞋鞋尖推開文件，走到利元所站的位置。緩慢地移動幾步後，凱撒和利元面對面站著，利元不太高興地凝視著他現在唯一需要抬頭仰望的人，開口道。

「總之你先坐下，我現在開始告訴你。」

他把眼前堆積在沙發上的文件推開，騰出座位。凱撒讚嘆了一下。

「太好了，我還以為要一直站著呢！」

利元瞥了地上一眼，威嚇他。

「你敢踩過那些文件，我就會讓你躺上好幾天。」

剛想把腳踩下去的凱撒千鈞一髮地避開了。他四處尋找空隙，走到利元幫他準備好的位子坐下來，故意大聲地嘆了口氣。利元無視他搖著頭的樣子，拿出準備好的文件。

「你先看這些。」

凱撒接下遞過來的文件，利元就轉頭從散落一地的眾多文件中，迅速找出自己想要的資料。

「這是相關文件，這個也是。」

利元毫無停頓地找出所需的文件，立刻把厚厚的一疊堆給凱撒。

「首先主要爭取的就是那些房地產，如果用這些提起訴訟，其他財產立刻就會被追查。你全部都想要嗎？」

凱撒把文件放在大腿上，望著利元。

「如果是呢？」

利元不為所動地回答。

「官司會變得漫長、厭煩和痛苦。」

接下來利元才突然感覺到凱撒的話裡藏有其他涵義。

凱撒隱隱露出微笑，再次說道。

「如果我說不是全部呢？」

這次利元也立刻接話了。

「可能不會比要拿到全部辛苦。」

凱撒沒有立刻回答，本以為他是在煩惱要怎麼選擇，結果卻不是。凱撒用微妙的表情凝視著利元，這麼問道。

「你似乎沒自信能拿到全部。」

利元靜靜地皺起眉頭，該怎麼回答呢？在凱撒的注視下，利元開口了。

「沒錯。」

聽到意外的答案，凱撒驚訝地眨了眨眼睛，利元接著面無表情地說道。

「我沒有自信能耗在一直拖著的官司裡浪費時間，我只做我需要做的部分。」

那時凱撒才聽懂似的瞇著眼睛，撇了撇嘴。

「只做尼可萊的官司需要的部分？」

「沒錯。」

利元這次也做出同樣的回答後，用腳把文件推開，一屁股在那個位子上坐了下來。

「有看到什麼想知道的就問我，我要繼續做我的事。」

利元偷偷瞄向一旁，凱撒漫不經心地脫下西裝外套，穿著西裝背心坐在沙發上翻閱文件，任誰來看都知道他只是在做做樣子。

利元看到他那個樣子就覺得火大，他感覺明明就沒有什麼重要的事，卻過來占位置。不耐煩的感覺湧上來，覺得一陣胃痛，他沒有多想就揉了一下胃，才發現自己今天一整天都沒吃東西。當他發覺這件事，又覺得一把火上來。

到底為什麼會變成這樣？

他本來應該躺在睡起來不太舒服，但能讓自己心情放鬆下來的床上，一個人陷入甜蜜的夢鄉裡才對。現在卻看文件看了一整天，看到眼睛快掉下來，摩托車還壞掉了，被關在這間宅邸裡，而且肚子餓到快要昏倒了。

沒發覺的時候還好，當他察覺到自己餓了一整天，肚子餓的感覺就瘋狂襲來。如果有隨身帶著一包巧克力就好了。他雖然感到後悔，但打死也不想說自己肚子餓，拜託給他東西吃。利元咬緊牙關，選擇顧全面子，當他露出堅定的眼神，翻開資料時……

咕嚕嚕嚕嚕嚕——

瞬間，他就這麼僵在那裡，凱撒翻閱文件的聲音也隨之停止，他感覺到凱撒抬起了頭。利元假裝沒事，悄悄按住肚子，靜靜控制著呼吸，肚子用力，現實卻沒有回應他的期待。

咕嚕嚕，咕嚕嚕，咕嚕嚕嚕嚕……

隨著接二連三響起的打雷聲，利元再次體會到理性在本能面前真的毫無用武之地，凱撒看著利元扭曲悽慘的臉開口道。

「這麼一想，肚子有點餓了。」

他意外地沒有像平時那樣挖苦他，繼續說道。

「你等一下，我去叫廚師做點什麼。」

看到凱撒立刻站起來，利元慌忙地跟著起身。

「幹嘛叫醒睡著的人？」

凱撒反而覺得奇怪地俯視著利元。

「在我需要的時候做飯給我吃是他的工作。」

利元忍住嘆氣的欲望，卻無法控制肚子持續作響，他不耐煩地撥開掉下來的髮絲。

「算了，不要吵他，我來做點簡單的東西。」

「你嗎？」

凱撒意外地問道，利元用反問取代回答。

「廚房在哪裡？」

凱撒眼神一瞥，示意「跟我來」，利元一臉不高興地跟在他的後頭走去。

如同巨大的宅邸，走到冰箱的距離真的好遙遠，甚至覺得走到廚房之前就會先餓死。

利元在心裡罵著髒話，詛咒這間大到不像話的宅邸。走了一陣子後，終於抵達可以放下自己的辦公室兼住處還綽綽有餘的廚房，利元才深深嘆了口氣。先走進去的凱撒停下腳步回頭看。

「你想用什麼就盡情用吧！」

等他張開雙臂慢慢說完，利元靠著桌子環視了廚房一圈。那裡是連做夢也不曾想像過的豪華廚房，所有廚具不是法國製就是德國製的，刀叉也全都是復古的銀製品。

其中最令人驚訝的是冰箱，占據寬大廚房一整面牆的好幾臺巨大冰箱，光是用看的就令人十分驚訝。利元邁開腳步朝著冰箱走去，如果裡面有可以立即享用的東西就好了。當他突然想起只要五分鐘就能簡單享用的韓國泡麵時，利元的眼前開啟了天堂之門。

冰箱裡塞著滿滿的肉和火腿，不只是牛肉和豬肉，還有羊肉、小牛肉和火雞肉，不過最讓利元驚訝的是肉的價格。

那些是利元每到超市時，都只能用憧憬的眼神觀望，根本買不下去的高級肉品，在這裡面堆積如山。在自己拮据的生活ト，只能像鬣狗一樣到處找尋便宜肉類的記憶，如走馬燈般在腦海裡浮現，讓利元瞬間忘了自己被監禁在宅邸的事實。

凱撒看到利元大大打開冰箱門後，只是失神地看著滿滿的肉一動也不動，於是開口道。

「沒有你需要的嗎？」

凱撒的口氣就像是只要你開口，我就願意為你殺一頭牛一樣。利元好不容易從天堂轉移視線，回頭看向凱撒，他第一次用閃爍著星星般光芒的眼神凝視著凱撒。

「這裡所有的東西我都可以用嗎？」

凱撒嚇了一跳，因為利元用洋溢著幸福的笑容看著自己，他像花一樣綻放的微笑和新月般彎下來的細長眼角嫵媚無比。凱撒瞬間慌張了一下，不自覺地點點頭。

「可以。」

利元一得到允許，立刻咧開嘴角，整個臉上都堆滿了笑容。他把睜大眼睛注視自己的凱撒拋在後頭，突然轉身用可怕的速度把肉拿出來。這個、這個、這個，還有這個。

當凱撒回過神來時，流理臺上已經擺滿了肉。利元最後把一塊超大的火腿拿出來後，才用滿足的表情關上冰箱門。雙手捧著火腿的利元左看右看，在凱撒面前拿出巨大的菜刀，他用滿足的表情看著泛著銀光的銳利菜刀，旋即把火腿放在空位，揮下刀刃。

啪。

用力砍下去的菜刀卡在火腿的中央，就再也砍不下去了。利元皺著眉頭，更加使勁往下切，可是刀刃卡在厚實的肉塊裡，根本不為所動。

這到底是怎麼回事？

利元不耐煩地用雙手抓住刀柄，突然，長長的手臂從後方伸了過來。他不禁回過頭，看到凱撒用微妙的表情俯視著自己。凱撒不發一語地撥開利元拿著菜刀的手，拿起了火腿，在利元的注視下，把巨大的火腿放到機器上按下按鈕。

嘶嗡、嘶嗡、嘶嗡。

機器發出單調的聲音前後移動，切成薄片的火腿頓時在眼前層層堆積。待火腿堆疊到一定的量時，凱撒再次按下按鈕讓機器停下。他從餐具櫃裡拿出盤子，把火腿放上去後遞給利元。

「給你。」

對自己做的事感到難為情的利元接過盤子，立刻若無其事地說道。

「我只會做我自己的。」

凱撒似乎早已預料到了，他無所謂地開口。

「隨便你。」

凱撒走到冰箱前尋找材料。利元瞄了他一眼後立刻轉身，到處打開餐具櫃和抽屜找出需要的工具。凱撒看到他忙碌的樣子，不發一語地回到位子上。

剛剛應該只是失誤吧。

凱撒沒有把這件事放在心上，切著他的黑麥麵包時，聽到「咚！」的沉重聲響傳來。他一回頭，利元猛然剁下一大塊肉的樣子映入眼簾，令他驚訝的是，利元根本沒有處理，直接把大塊的肉放到平底鍋上。凱撒眨著眼睛，而利元若無其事地轉過身去，這次又一刀砍下另一塊肉，而且那塊肉也是被那麼直接地丟到平底鍋裡。

他忙碌地把各種肉類切下來丟入鍋子裡時，凱撒把什麼遞了出去。利元接過他親自切好的黑麥麵包後，凱撒開口道。

「你要放一些蔬菜才行。」

「不用。」

利元簡單地拒絕了。凱撒沒有放棄，把自己的番茄分給他後再次說道。

「那至少放這個進去。」

「我說了不用。」

利元這次也拒絕了，讓凱撒皺起了眉頭。

「你會後悔的。」

「不會。」

利元立刻回答，又故意切了另一塊肉丟進平底鍋裡。凱撒沒有再勸他，將注意力放回自己的三明治上。

利元用夾子一一把大概熟了的肉夾出來，翻面後歪了一下頭。怎麼，這不是沒熟嗎？他沒想太多，再次把肉放回平底鍋上點了火。

他突然好奇凱撒在做什麼，他都沒有用火，雖然爐子很夠用，但基於好奇，利元還是偷偷瞄向了後方。

令人意外的，凱撒做菜的樣子很熟練。他用手把生菜撕開後放到一邊，撕開的生菜大小十分一致，讓利元不自覺地盯著看。在此期間，凱撒切下圓形的火腿放在生菜上，接著將圓滾滾的番茄平放，切成薄片，不禁讓利元發出讚嘆。

這副樣子讓人完全意想不到，世上究竟有誰能想像到凱撒站在廚房做菜的樣子？而且動作還那麼熟練。

利元第一次感覺到凱撒不是因為外表，而是因為其他事情而閃閃發光。凱撒注意到利元出神地望著自己的視線而抬起頭來，一四目相接，他就微笑著說道。

「我很會用刀喔。」

凱撒炫技似的切著番茄。他把切得跟紙一樣薄的番茄拿起來，透過薄薄的番茄微笑道。

「人也可以切成這樣。」

利元立刻用無趣的表情點點頭。

「是喔。」

他理解似的轉過身來，再次專注在自己的料理上，他隨意丟在平底鍋的高級肉正變得焦黑。

過了一段時間，兩人將完全不同的三明治放在面前，好一陣子沒說話。凱撒的三明治任誰來看都會覺得很可口，裡面放入了比例適當的蔬菜和肉，凱撒將視線從健康的三明治上轉移，靜靜地開口。

「……我本來以為你會很擅長做菜。」

隱約的期待破滅了，火腿那次並不是失誤。凱撒看著放在利元眼前的不明食物問道。

「你做的這是什麼？」

「三明治。」

利元理所當然地回答道。如果只要在麵包之間夾入食材就能稱作三明治，那確實是三明治沒錯，可是凱撒的表情不太認同。他所想的三明治是「在麵包之間夾入比例適當材料的料理」，而不是像利元做的，「在麵包之間隨便塞入東西的不明物體」。

不對，不是「隨便塞入東西」，正確來說是在麵包之間塞進一堆肉的不明物體。沒有蔬菜，只有肉，黑麥麵包上放上牛肉、再放上豬肉、火腿、火雞肉，然後又是火腿、牛肉、豬肉、火腿，就這樣重複一次後，最後才出現黑麥麵包，是只有肉、肉和肉的三明治。

「這是人吃的食物嗎？」

凱撒用不滿意的表情看著隨時可能會倒塌的一堆肉，這麼問道。利元立刻很有自信地回答。

「反正吃進肚子裡都一樣。」

利元張大了嘴巴，他真的快餓死了，想先吃一口後，剩下的再拿回去吃。他充滿期待地拿起三明治，一瞬間從麵包之間看到紅色的肉。

「這不是還沒熟嗎？」

聽到凱撒的制止，利元無所謂地回答道。

「肉本來就要吃三分熟。」

「但那是……」

凱撒還來不及說出「豬肉」兩個字，利元已經大口咬下去了。沒錯，就是這個，嘴裡滿溢的肉汁，柔嫩的口感，香甜的尾韻，從鼻腔散發出的……

肉腥味。

利元停止咀嚼，低頭看著三明治，嘴裡充滿的肉味跟他期待的簡直有天壤之別。一半燒焦一半沒熟的肉塊在嘴巴內滑溜地滾動，各種種類的肉黏答答地糊在一起，不小心一起切下來的骨頭被咬碎，最後各種肉腥味混合在一起，麻痺了鼻腔。

……嘔。

利元感覺自己快要吐出來而摀住嘴巴的瞬間，看到坐在桌子對面凝視著自己的凱撒。他瞇著眼看著自己，一副「真的要把那個吃下去嗎？」的樣子。利元打死也不想在他面前把吃進去的東西吐出來，他用力咬住嘴裡的肉，慢慢咀嚼著把盤子拿起來，若無其事地端著三明治離開了廚房，凱撒則默默地跟在他後頭。

利元認為自己說的沒錯，只是省略了過程，食物在進入肚子之前，必須要經過嘴巴。而且他領悟到就算肚子再怎麼餓，不好吃的食物還是不好吃。

他走在遼闊的宅邸內，終於再次回到書房裡。利元已經餓到兩眼發昏，卻無法把自己做的三明治吃下去。肚子剛好傳來響亮的咕嚕聲，就像是在抗議到底什麼時候才能吃飯。

再怎麼貴的肉，也會有不想吃的時候呢……

利元皺著臉，慢慢嚼著三明治，他想要盡可能減少它停留在嘴裡的時間，卻沒有那麼容易。肚子吵著快給我食物，嘴巴卻吵著說不想吃這種東西。利元假裝看著文件，滿臉懊悔。

凱撒根本不懂利元的煩惱，吃著自己的三明治。強壯的下巴慢慢動著，傳來咀嚼蔬菜的清脆聲響。利元好不容易才輕聲吞下快溢出的口水，沒有食物的時候還比較好，他聞到香噴噴的三明治味道，感覺腸胃都要打結了。凱撒一直注視著咬牙忍耐的利元，這時終於開口。

「你要不要吃？我做了足夠的量。」

聽到他輕鬆地詢問，利元冷靜地拒絕了。

「不用了，我有自己的。」

他拿著再也吃不下去的三明治這麼說，一點說服力都沒有。即使如此，利元還是堅持著不理睬他，開始翻閱資料，凱撒也沒有再勸他，一個人吃起了三明治。利元想把視線固定在文件上，卻怎麼也讀不進去，他所有的焦點都集中在視野盡頭的凱撒的三明治上。為了不被發現，利元小心翼翼地吞下口水時，凱撒開口了。

「這個土地的稅金累積了多少？」

對於突如其來的提問，利元勉強抬起頭來。凱撒不知何時已經吃完了一個，他的手是空著的，幸好和惋惜的想法同時在利元心裡湧上，他卻忽視了它們。他把握這個時機放下三明治，比平時更著急地找到資料後遞給凱撒。

看著數字的凱撒伸手拿起一個三明治，利元望著將視線停留在文件上、咬著麵包的凱撒，不自覺地吞了吞口水，又慌忙地轉過頭去。他再次感受到胃痛而皺起眉頭，這時凱撒突然把文件放下。

「我累了，剩下的明天再看。」

他立刻站起來，拿起放在沙發上的西裝外套安靜地走出書房。書房的門傳出打開和關上的聲音之前，利元都一動也不動地假裝看著文件。

利元好一陣子都只是靜靜坐著，書房裡非常安靜，什麼聲音都聽不到。凱撒離開之後，只剩利元和三明治留了下來。利元豎起耳朵，卻沒有聽到腳步聲，他偷偷站起來打開門，看了看外面的走道，安靜的宅邸裡連一隻螞蟻都看不到。他仔細觀察周圍後，再次關上門，轉過身來看向盤子，肚子剛好傳來激烈的嘶吼聲，他立刻按住了肚子。

他邁開腳步回到自己的位子上，盯著正前方看，那裡留有兩種三明治，一個是自己做的，另一個是凱撒做的。

……反正是剩下的。

理由很充分，利元伸出猶豫的手拿起其中一個盤子，很遺憾，他沒有選擇自己做的。利元的嘴唇遲疑了一下才打開，將凱撒的三明治放入口中。

最先感受到的是黑麥麵包的酸味，利元現在已經很熟悉俄羅斯人喜歡吃的黑麥麵包的發酵香味了，這時卻很不可思議刺激了食欲。一口咬下的瞬間，濃郁的食物香味在嘴裡散開，蔬菜的爽脆口感同時刺激著舌頭，鮮嫩的火腿肉在口中化開。

他不自覺地瞪大了眼睛，感覺嘴裡演奏著交響樂，簡直無法置信。這個怎麼這麼好吃?!利元把正在吃著的三明治放下來，掀開麵包確認食材，再怎麼看都只是平凡的三明治。

是因為肚子太餓了嗎？

即使如此，他還是吃不下自己做的三明治。利元皺著眉頭，盯著三明治看，他懷疑似的看著被他翻開的三明治，立刻把麵包蓋回去放進嘴裡，爽脆的生菜在口中迸出甜味。三明治還剩下很多，少一、兩個應該不會被發現。利元打開文件看著資料，嘴裡咬著三明治，腦袋睽違好幾個小時終於恢復了運轉。他開心地埋頭於資料中，忙碌地標示著重點，不知不覺間，一個個大塊的三明治消失在嘴裡。

摸索摸索。

利元不自覺地將手伸到盤子上，感覺摸不到東西才抬起頭來，剎那間，他睜大了眼睛，原本裝得滿滿的盤子不知何時竟然空了。利元無言地俯視著盤子好一陣子，雖然很想否認，但飽足的胃告訴他這是事實。

他皺眉抱著手臂，看著盤子，再怎麼看盤子還是不會被裝滿。利元的視線瞄向隔壁的盤子，自己做的三明治依然留在那裡。利元立刻伸出手來把麵包打開，把隨便塞了一堆肉的三明治材料一點一點地拿開，擺得漂亮一點，再把麵包蓋起來移到隔壁的盤子上。

這樣行得通嗎？

利元皺著臉，端詳著任誰來看都不太像樣的三明治，突然感受到微妙的視線，他不禁轉過頭去，視線卻停住了。高大的男人靠在書房門上凝視著自己，利元見他的淺金髮自然散落，穿著寬鬆的襯衫，才發現他不是跑去睡覺，只是去換衣服而已。利元沉默了一陣子後開口道。

「我要追加條件，加班時必須提供宵夜。」

凱撒淺淺微笑地說道。

「還需要什麼？」

利元立刻撇過頭。

「目前沒有。」

他雖然若無其事地回答，但連他都曉得自己的耳根在發燙。肚子餓了也沒辦法啊。利元這樣想著，把視線固定在文件上，不理會凱撒。

凱撒一發不語地邁開步伐，走向沙發。他打著赤腳的模樣突然進入利元的視野，他感覺到凱撒在沙發上找到空位，坐了下來。

利元一言不發，只是默默地假裝投入於工作中。沐浴乳清爽的香味隱隱散開，不用說當然也能知道出處。利元忍住想要抬頭的欲望，硬是把分散的注意力集中起來。

他努力盯著文字，但同一行要重覆看好幾遍才能理解意思。在一行一行地專注閱讀、標示重點的過程中，他勉強找回了先前的專注力。凱撒單手撐著下巴，直盯著利元不知不覺間皺起眉頭，專心工作的模樣。

清晨醒來的管家小心翼翼地打開書房門時，看到了目不轉睛地閱讀資料的憔悴律師，以及看著他的主人，情景令人驚訝。讓人難以置信的是，望著利元的凱撒臉上泛著淺淺的笑容。

૬ ૬ ૬

原以為少見的好天氣會持續幾天，卻又開始烏雲密布。在可疑的烏雲湧過來，大雪隨時準備落下之前，人們用不安的腳步匆匆穿梭於街道上。矗立在市中心的大樓壓迫著來往的人們，不時經過蕭瑟建築物周圍的路人姿態非常值得一看，從最高樓層俯瞰他們的樂趣更是無從比擬，不過杜切夫今天卻沒有這個興致。

「沙皇竟然讓外國人進到家裡，這是怎麼回事？」

報告的人聽到尖銳的聲音，在電話另一頭低聲回答。

『這個……聽說他是個律師，正在被委託處理貝爾達耶夫的事情。』

「貝爾達耶夫的事情？」

『就是他的土地，還有其他財產。』

杜切夫的雙頰漲紅鼓起。

「沙皇是真的想把那些弄到手嗎？他難道想與羅莫諾索夫正面對決?!」

聽到他焦急的聲音，電話那頭的男人緊張地回答。

『似乎是那樣沒錯，而且那個律師相當執著。』

杜切夫用手帕擦了擦頭髮所剩不多的頭頂，深呼吸了一下。

「他到底……如果再刺激羅莫諾索夫會有麻煩的！而且這樣還不夠，他還拋下組織的顧問律師，找外國的菜鳥律師處理案子？還不給予幹部任何情報，胡亂行事！你到底都在做什麼？事情都到這個地步了，到底在幹嘛？怎麼不早點向我報告！」

『非、非常抱歉，我打算再觀察一下才報告的……』

他像是杜切夫就在眼前般，急忙低頭道歉。杜切夫一邊辱罵他，腦中一邊浮現對凱撒的不滿。他從一開始就不喜歡那個傢伙，應該守護偉大的俄羅斯純正血統的組織接班人，竟然和外國人混在一起，他果然不適合繼承組織。杜切夫邊想邊開口道。

「立刻去調查那些傢伙在搞什麼後向我報告。貝爾達耶夫的事情進行到哪裡了，那個律師隸屬於哪間律師事務所，背景是什麼，了解事情到什麼程度，沙皇和那個律師到底在策劃什麼，全都給我查清楚後跟我報告！」

『是，遵命。』

對方急忙應答後，猶豫地接口。

『那個、不過，那個律師……太過認真了，他會直接在書房裡吃飯和睡覺，之前還會上下班，現在乾脆住進宅邸裡，整天都在工作，我完全無法把資料偷出來……』

聽到他結巴地說著，杜切夫更加氣憤了。

「那麼認真的話，不是更麻煩嗎？」

杜切夫在辦公室裡來回踱步，繼續說道。

「你想辦法把資料弄到手，看是要哄騙還是威脅那個律師，總之快點想辦法！」

他憤怒地催促著，突然停下腳步。

「如果真的沒辦法……」

杜切夫的聲音變得低沉，細小的眼睛裡散發銳利的光芒。

「就把那個律師幹掉。」

第10章

餐廳內很寧靜，除了管家拿走空盤子和上菜的腳步聲，以及偶爾響起的餐具碰撞聲，聽不到任何噪音。在持續的沉默中，利元努力把肉切開，放進嘴裡。居然一大早就吃牛排，平時的他一定會很驚訝，今天卻是例外。

這個肉就是昨天的肉嗎？

跟前一天自己吃到的肉簡直有天壤之別，利元在心裡讚嘆煎得恰到好處、在嘴裡噴出香甜肉汁的最高級牛排，認真地品嘗味道。凱撒悠閒地喝著葡萄酒，看著這樣的他。一直只顧著吃肉，沒有說話的利元突然開口。

「我的摩托車怎麼樣了？」

把葡萄酒杯拿到嘴邊的凱撒的手停住了，他看著把大塊牛排切成一半的利元，若無其事地說道。

「要找到一模一樣的古董摩托車，可沒那麼容易。」

利元的一側額頭爆出青筋，他用叉子叉起切開的肉塊，不發一語地把牛排放進嘴裡。喝了一口葡萄酒的凱撒放下酒杯微笑道。

「莫斯科大劇院換了新的表演節目，今晚要不要去看？」

利元瞥了他一眼，而凱撒接著說道。

「聽說是《胡桃鉗》。」

利元面無表情地問道。

「看了《胡桃鉗》，官司就會結束嗎？」

凱撒依然帶著微笑說著。

「不會，完全沒有關係。」

利元就像已經知道答案般，把最後一塊牛排放進嘴裡。他把食物吃光之後，拿餐巾紙擦完嘴巴，站了起來。對著想要直接離開的利元，凱撒再次開口。

「待在家裡應該很悶吧。」

利元冷漠地看著他，回答道。

「我是來工作的，不是來玩的。」

他本來想就這麼經過凱撒身旁，裝滿麵包的籃子卻突然映入眼簾。他瞄了跟牛排一樣可口的麵包一眼，毫不猶豫地伸出手，拿起一個麵包就走了出去。凱撒無言地凝視著利元的背影，隱約露出有些失望的表情。

利元走向書房的同時，皺起了眉頭。

那傢伙到底在想什麼？

他越想越覺得無言。他不是說要接吻，就是故意弄壞摩托車，以他現在的態度來看，工作結束之前摩托車是絕對不會送到了。再加上他是由純俄羅斯人組成的組織幹部，卻把我捲入自己的事情裡，甚至把我關在家裡，他到底為什麼要做到這種地步？從頭到尾都完全搞不懂。再這樣下去，就算某天被他的手下開槍打死也不足為奇。

可以確定的就是不能相信他。萬一凱撒中途對這件事失去興趣而收手，那到目前為止的辛勞就會化為泡影。在他還有興趣的時候，一定要想辦法把握機會。結論已經很明顯了。

我必須發揮所有的專注力，在短時間內結束這個案子。

利元下定決心之後快速邁開步伐，大口咬下手裡的麵包。他在腦海裡分配著工作，設想了大概的計畫，他只要全心投入這個工作，再過幾天就可以結束。利元這樣想著，打開了書房的門，他的計算沒有太大的誤差，只是他沒料到會有意想不到的阻力。

咚咚。

利元正想要專注於資料的瞬間響起的敲門聲，讓他的努力都白費了。他皺著眉頭抬起頭來，書房門旋即打開，紅色的薔薇映入眼簾，帶著花束前來的人是凱撒。

「聽說早晨的薔薇是為了美人而綻放的。」

凱撒微笑著把花束遞給利元，就像是很有自信地認為他會開心地收下。然而他得到的，只有利元冷漠的視線。

這個男人是不是瘋了？

別提收下花束了，利元直接冷漠地轉過頭去。凱撒於是問道。

「你不喜歡薔薇嗎？」

利元依然不發一語，只是瞪著資料，不過要重新專注於工作沒那麼容易，而且還是在存心想要妨礙自己的人面前。凱撒繼續說道。

「好奇怪。薔薇真的很適合你，包含帶著刺的部分……還是你喜歡刺槐花？刺槐確實比薔薇有用，因為可以取得蜂蜜……」

啪。

利元用力把文件闔上，抬起頭來，他一臉不滿地皺著眉頭看著凱撒。

「你在這裡做什麼？現在都幾點了還這個樣子？你不工作嗎？不出門嗎？」

利元質問著每天在同一時間出門的凱撒，而凱撒若無其事地回答道。

「在家也可以工作啊。」

不只這樣，凱撒來回看了看沙發，找到空位坐了下來。利元不知所措地眨著眼睛，這個礙事的傢伙現在乾脆賴在這裡不走了呢！利元倍感壓力，不耐煩地翻著文件。

前市長為了阻礙追查，一直更動財產的所有權人，要辨識誰才是確切的所有權人已經很頭痛了，存心要妨礙的礙事傢伙又在眼前，根本無法好好工作。利元想要忽視他，專心投入工作，但凱撒果然沒有放過他。

「我昨天看的文件在哪裡？」

利元不發一語地伸出手來拿起一堆文件，在凱撒又說出一些廢話之前，直接把那些放在他的大腿上。利元依然噤口不言，重新找著文件上標示起來的部分時，凱撒開口了。

「工作雖然重要，但偶爾也要休息一下比較好。」

利元沒有回答，凱撒繼續接口。

「跟隨你自由的靈魂，前往你自由之路，不要為你高貴的行為要求任何報酬，因為報酬自在你心……」

凱撒笑了一下後，補充道。

「普希金永遠都這麼迷人。」

「如果你想吟詩就出去吟。」

聽到利元忍不住不耐煩地說道，凱撒便說話了。

「一起去嗎？」

「我說我不要。」

凱撒笑了。

「會很有趣的。」

這次利元乾脆不回答，他原本就想要忽視，卻不自覺地做出回答。他再次下定決心要保持沉默，把視線固定在文件上。對這個案件有幫助的判例在哪裡呢？他平常都能立刻找出需要的資料，這次卻想不太起來，當然都是因為眼前這個男人的關係。

凱撒現在正哼著歌，隨意翻閱著利元給他的資料。利元心想他這樣翻，要是弄丟任何一張，就要立刻把他趕出去。

利元不時在意著凱撒，心不在焉地翻閱著文件。凱撒把文件放下來看向利元，總覺得他好像在用有話想說的視線看著自己，利元卻完美裝出不在意的樣子，埋頭在文件堆裡。

凱撒就這樣凝視著利元好一陣子後，拿起薔薇花束，選出一朵花苞開得最漂亮的紅色薔薇。在利元的視野中，他突然發現凱撒靠向了自己。

啪。

薔薇花苞輕輕打在利元的頭上，同時，利元一陣惱火，大吼出聲。

「你在做什麼！」

累積的不滿爆發開來，利元立刻把薔薇甩開，然而，接下來發生的事情卻出乎他的預料。

「啪」的一聲，尖銳的聲音響起，利元嚇得瞪大了眼睛，被正面打了耳光的凱撒也驚訝地張大雙眼。

兩人好一段時間都呆呆地望著彼此，出手的人、被打的人都慌張地僵著，一動也不動。凱撒的臉頰漸漸泛紅，慢慢浮現出利元的手指形狀。利元首先回過神來。

「抱歉，我不是故意的。」

雖說是不小心的，還是打了他一記耳光。凱撒似乎是無法置信般，依然失神地望著利元，連微微腫起來的臉頰都沒摀住。利元第一次看到凱撒如此驚慌失措的樣子，於是下定決心。

「打我一下。」

以眼還眼，以耳光還耳光，利元把臉抬起來對著凱撒，閉上眼睛。他在閉眼之前瞄了凱撒的手一眼，但他決定忽視它。他的手骨節優雅且修長，同時很有力氣又強壯，包含前一天做三明治時熟練用刀的樣子，利元都決定要暫時忘記。不過他沒有忘記要握緊拳頭，咬緊牙關。

他並不習慣被打耳光，不過既然要讓他動手，還是希望能盡快結束。他催促般地抬起下巴，預想著大大的手掌將朝著自己的臉頰甩過來，但意外的是凱撒沒有立刻動手，只是一直俯視著利元。利元一心期盼著可以盡快結束，因為緊張，眼睛在閉著的狀態下不斷眨眼。凱撒看著又長又黑的睫毛細微地顫動著，低下了頭。

隨著低沉的呼吸聲，某個東西突然輕輕碰到了利元的嘴唇，意料之外的觸覺讓他愣住了，不過這個瞬間並沒有持續很久。當溫柔的嘴唇吸住利元下唇的瞬間，利元把握緊的拳頭揮了出去。

隨著「砰」的沉重聲響，凱撒這次摀著另一邊的臉頰退到後方，接著聽到利元的大喊。

「你在幹什麼？我是叫你打我，誰叫你吻我了？」

看到利元勃然大怒，凱撒不動聲色地笑了。

「看到你閉上眼睛抬起頭來，我以為你是希望我吻你。」

看到利元無言地皺起臉來，凱撒指著新的巴掌痕說道。

「現在是讓我親你第二次嗎？」

看到凱撒把頭傾向前方，利元立刻握緊拳頭。他毫不猶豫地揮拳，這次卻沒有打中他，輕鬆閃開的凱撒反而握住利元揮出的手腕，把他拉了過來。利元冷不妨地被拉過去，讓凱撒意外地笑出聲來。

利元馬上皺眉，抬起頭來，凱撒卻轉移視線，看著被自己抓住的拳頭，嘴唇接著就落了下來。利元被輕輕碰觸到的嘴唇嚇了一跳，凱撒抬起視線望著他。

「這就當作你付過代價了。」

凱撒說完就放開利元的手，看到他不禁往後退去，凱撒淺淺地笑了一下，轉身離開書房。利元呆呆地看著被靜靜關上的房門，過了一陣子才發現自己被捉弄了。

「什麼啊，那傢伙！」

利元氣得大罵，踢開地上的文件，不過他很快就後悔了。在別人眼裡散得亂七八糟的文件，其實是有規則地排列開來的，卻一下子變得雜亂無章。

「唉……」

利元用扭曲的表情癱坐在地上，從喉嚨深處發出來自內心的憤怒聲音，他急忙收拾著文件，卻耐不住怒火。先動手的人是自己，總之這樣一來一往算是扯平了。他雖然想用理性說服自己，卻難以釋懷。

利元搞不懂自己，狀況都釐清了，為什麼心情還是恢復不了平靜呢？他不自覺地用手背擦過嘴唇，突然停止了動作。他的心臟因憤怒而不住跳動，擦過嘴唇和殘留在手背上的溫度相接，好像讓他感受到了另一種微妙的顫動。

ɕ ɕ ɕ

一大早就有嘈雜的聲音傳來，利元聽到腳步聲，突然睜開眼睛，因映入眼簾的陌生情景而感到慌張，卻又立刻意會過來，這裡不是他在老舊公寓內的住處。他坐了起來，依然無法習慣這間跟雄偉宅邸相符合的寬敞華麗客房。

滿是復古家具的房間雖然很古典，卻顯得太過奢侈。各處放著的陶器看起來都是好幾個世紀之前的古董，牆上掛著的油畫也看得到知名畫家的簽名。利元對周遭的一切都沒有興趣，除了床鋪之外，床墊、床單到厚厚的被子都是難以言喻得柔軟和舒適，躺在上面如躺在雲朵上一般。

所以有錢人才會在床上吃飯啊！

利元心領神會地下了床，心想很快就要回去了，如果習慣睡在這種床墊上就糟糕了。他雖然這麼想著，還是用惋惜的眼神看了床一眼。

他再次聽到腳步聲，走到窗戶旁看向外面，熟悉的轎車已經在待命了，凱撒似乎正要出門。利元看著穿黑西裝的男人們正在急忙移動，「啊」的一聲，突然想起了某件事情。

因不時落下的雪，黑色轎車的車窗起了霧，陰暗的天空預告一場大雪即將來臨。凱撒看了一下天空後大步走向前，分成兩排站立的黑西裝男人們一致低頭向他敬禮。

凱撒跟平常一樣面無表情地朝著車子走去，雪花一點一點地飛到他從肩膀到腳邊、由白漸漸渲染成黑色的厚實毛皮大衣上。

維持固定姿勢站著的男人打開車後門，凱撒彎腰上車。

等凱撒上車之後，回到駕駛座上的男人發動引擎時，關上的門突然打開，凱撒轉頭的同時，利元俐落地上車，關上門後說道。

「途中放我下車。」

利元若無其事地說完，看向前方。凱撒不禁皺起眉頭，利元看到他的眼神充斥著懷疑，彷彿在問「你到底想做什麼」，因此開口。

「在工作完成之前我不會離開，我是要去買書。」

利元催促著一聲不吭的凱撒。

「幹嘛？還不快出發？」

凱撒轉過頭來，透過後照鏡使了一下眼色，一臉緊張的組織成員急忙將車開出去。平穩行駛的轎車後方，組織成員搭乘的麵包車列隊跟在後頭。

天上下著比剛剛稍大的雪，轎車離開宅邸來到馬路上。利元一直盯著窗外，當轎車準備駛進有眾多車輛往來的馬路上時，立刻開口。

「讓我在這裡下車。」

他在正式進入大馬路之前說道。男人停下車子，透過後照鏡看向後方時，凱撒問道。

「你要去哪裡？我送你去」

「我不是說要去書店嗎？不用了，我從這裡搭地鐵過去就好。可以暫停一下嗎？我要在這裡下車。」

利元直接對開車的男人提出要求，而凱撒沒有多說什麼。男人只好把車停下來，利元理了理外套領子後，立刻就下車了。

停下來的轎車後方停著一排麵包車，利元沒有多想就轉移視線，朝著地鐵站走去。他突然有種奇怪的感覺，回過頭後就愣住了。跟著他下車的凱撒站直了身體俯視著他，一起停下來的麵包車門打開了，男人們正爭先恐後地下車。雪越下越大了，急忙趕路的人們驚叫著逃跑的景象映入眼簾，利元驚慌地眨著眼睛，抬頭看向凱撒。

他是有事要在附近處理嗎？

利元訝異地看著凱撒，凱撒便把手上的東西遞給他，是一頂護耳毛帽。

「不戴帽子就走在街上，太危險了。」

凱撒用平穩的聲音說著，把毛帽戴到利元的頭上。利元當然也很清楚沒有毛帽和毛皮大衣在北方的嚴寒中無法生存，不過他之前騎摩托車會戴安全帽，所以沒辦法戴毛帽。雖然那臺摩托車已經變成一團廢鐵了。

凱撒幫利元戴上護耳毛帽後，靜靜地看著他。利元感受到天然毛皮的柔軟和保暖能力，舒適和輕盈程度根本無法和自己的相比，溫暖地包裹著被雪沾溼的頭髮。他只是戴上帽子而已，卻感覺溫暖了許多。利元並沒有拒絕。

「謝謝，回家之後我再還你。」

反正凱撒能搭車離開，沒有毛帽應該沒關係。利元這麼想著，表達感謝之意後，凱撒露出淡淡的笑容。利元突然發現落在他肩膀上的雪變多了，即使穿著毛皮大衣，北方冷冽的風依然難以忍受，凱撒卻二話不說地把自己的帽子讓給利元。看著淋著雪、把毛帽讓給自己的男人，利元不知為何有種奇妙的感覺。

凱撒舉起手來，修長的手指輕輕擦過利元的眉毛，因紛飛雪花而凝結的水珠被凱撒的手指帶走了。利元看了他好一陣子，決定道別離開。只要我走了，凱撒應該也會上車吧！利元正想要說話，凱撒卻先開口了。

「地鐵站在哪裡？」

聽到他低聲詢問，利元沒有多想，直接回答。

「就在那裡，那我先走了……」

利元稍微打個招呼後就快步離開。他突然聽到後方傳來腳步聲，但他沒有多想，繼續朝著地鐵站走去。

沒過多久，利元就感覺有點不對勁，因為像軍人一樣整齊劃一的男人們的皮鞋聲，一直跟在他後頭。

不會吧？

利元雖然有不好的預感，卻沒有回頭，覺得可能只是錯覺。不過從後方傳來的腳步聲太明顯了，很不幸的，那不是一個人的腳步聲。利元猶豫著回過頭，看到了跟著自己的凱撒，以及十幾個跟隨其後、穿著黑西裝的男人。

「你幹嘛跟過來？」

剛好抵達地鐵站的利元轉頭問道。當利元停下腳步，凱撒也停了下來，後方跟隨著他的男人們也一起停住。不同於皺眉看著自己的利元，凱撒笑著開口。

「因為我想一起去。」

利元什麼也沒說，只是用無言的表情抬頭看著他。他感受到等地鐵的人們臉色鐵青地看著他們的視線，雖然很想質問他到底在做什麼，但他不想在路上引起騷動，如果對方是講道理就會聽的人，當初就不會擅自跟在別人後頭了。

因毛帽而感動的自己真是個笨蛋。

利元一臉生氣地轉過身去，走進剛好進站的地鐵車廂裡。凱撒跟在他後面，一堆穿黑西裝的男人也在後頭跟著上車了。巔峰時間已經過了，安靜的車廂內擠著一群壯漢，利元把打從心裡湧上的嘆氣硬生生地吞了下去。

不過那只是痛苦的開始，利元一找了個位置站好，凱撒就站到他旁邊，男人們立刻在他們身邊圍成一個圈。同時，組織成員會用銳利的眼神一個個瞪著坐在位置上的乘客，到那時為止還用放鬆的表情講著電話或聊天的乘客，都一個個陷入沉默。

原本把音樂開得很大聲的年輕人，也因微妙的氣氛猶豫著關掉了音樂，車廂內立刻變得一片死寂，只能聽到地鐵晃動的聲音。就在利元不禁皺起眉頭的時候。

「沙皇，那邊有空位。」

聽到有人在叫自己，凱撒抬起頭來，同時，男人們像紅海般一致分開，為凱撒開出了一條路。只不過是移動一下屁股的乘客，因這意外的狀況嚇得臉色慘白，勢必非站起來不可。中年大叔哭喪著臉，慌忙地起身走到男人們的後方，這時凱撒轉過頭來。

「坐吧！」

這樣的紳士風度任誰來看都是無可挑剔，但利元已經知道了他的真面目。不對，整個車廂的人應該都知道了，就算打扮得再怎麼時尚帥氣，包圍在他身邊的男人們都明顯透露著他的身分。利元用冰冷的聲音回答道。

「不用了。」

他雖然拒絕了，卻立刻改變了想法。地鐵剛好搖晃起來，凱撒抓住了沒有留意、差點跌倒的利元，利元的臉同時撞在他的肩膀上，凱撒就不自覺地往後退了一步。那瞬間，組織成員們大喊著從四面八方跑過來。

「沙皇！」

「沙皇，您還好嗎？」

「這傢伙，會不會開車啊?!」

車廂內頓時亂成一團，其中一名組織成員瘋狂踢著車門大喊，嚇得臉色鐵青的駕駛員急忙高喊著道歉。人們開始喊叫著跑向門旁，過不久抵達了下一站，車廂內的人全都尖叫著逃跑，只剩一臉慘白僵硬的利元和凱撒一行人留了下來。

「咿、咿！」

聽到一連串的尖叫聲，利元轉過頭去，看到駕駛員從駕駛室裡跑出來想要逃跑，卻很不幸地被組織成員抓住，再次被拖了進去。

「所以呢？」

聽到突然傳來的聲音，利元回過頭，凱撒正用一如往常的微笑俯視著他。

「離書店還有多遠？」

利元不發一語，硬生生地把從喉嚨深處湧上來的嘆息吞了下去。

໑ ໑ ໑

過了好幾站終於抵達了目的地，利元最先下車，凱撒依然跟在他後頭，組織成員也跟隨其後。最後一個組織成員下車後，地鐵沒有讓乘客搭乘就立刻瘋狂奔馳而去。利元用苦澀的心情無言地朝著書店走去。

市區內的知名書店如同其規模，擁有各式各樣的書籍，店內總是充滿了客人，即使是上午也有很多人出入。利元等待剛好要走出店外的男人經過，從他身旁擦身進入，為了找尋自己想要的書籍，立刻開始查看書架。如果是平時，他會看一下是否有新書上市，或是買一些簡單又有興趣的書，坐在書店內另外準備的位子上享受悠閒的時光，但今天根本不可能，其理由當然是因為跟隨在身後的巨大包袱。

利元沒有理會左顧右盼的凱撒，筆直走了過去。他的目的很明確，立刻找到放著法律相關書籍的地方，快速環視書架，從中抽出看中的書查看內容。就這樣挑了幾本書後，利元轉過頭去，卻沒有看到凱撒的身影。他不禁環顧四周，馬上就發現站在不遠處的他，正確來說是看到一群像路障般圍成一圈的黑西裝男人們。利元認為凱撒就在其中，果不其然，不久後他就看到淺金色的頭髮突然從中間冒了出來。

我就說嘛。

利元不感興趣地轉過身去時，聽到後方傳來叫著他的聲音。

「律師先生。」

他的聲音在安靜的書店內擴散開來，讓利元不禁皺起眉頭。利元用「叫我幹嘛」的眼神回過頭來，凱撒從立刻分成兩排的男人們之中走了過來。

「這是禮物。」

他笑著把書遞過來，利元看了一下。

《任何人都能輕鬆上手的料理書》。

利元的額頭一側爆出青筋。

「我不需要。」

利元無情地說完，立刻轉過身去，深藏在心裡的丟臉回憶湧上來，讓他燃起一股怒火，這樣下去會被恥笑一輩子的。

一輩子？

他因腦中不自覺浮現的詞語皺起眉頭時，在櫃檯內處理事務的店員發現利元，走了過來。

「麻煩結帳。」

利元說完，把書放下來，店員一本本確認著金額。利元默默地看著店員計算時，頭上突然有一本書掉了下來，不禁伸手接住書的利元立刻露出不滿的神色，凱撒在他身後說道。

「這本也一起算。」

凱撒擅自把可惡的料理書丟過來，笑得燦爛。把別人惹毛了還笑得那麼開心！利元在心裡這麼想著，用凶狠的表情開口。

「你幹嘛自作主張？我不需要。」

凱撒的反應意外得認真。

「怎麼會？你真的非常需要，再那樣下去，你總有一天會因為食物中毒而死掉的。」

他說完還嘆了口氣，搖搖頭。看到他那個樣子，利元更氣了。

「都說不用了，我到現在還不是活得好好的，以後也不用看那種書。」

「生命比面子重要，你好好考慮一下。」

「什麼再考慮，吵死了，把書放回去。」

「我看過了，這本書還不錯，裡面都是你這種菜鳥中的菜鳥也做得來的料理。」

「我就叫你放回去……!!」

「客人。」

突然插進來的聲音讓正想發脾氣的利元停下來轉過頭，店員正面無表情地看著他們。

「一共是一千三百二十四盧布。」

利元把店員拿給他的紙袋推到一旁，急忙打開皮夾。嗯？一千三？利元總之先把錢交給了店員，因金額跟自己計算的不一樣而歪了一下頭。他收下店員找回的零錢和發票，立刻抬起頭來確認紙袋裡的內容物。然後他看到了，《任何人都能輕鬆上手的料理書》就那麼大剌剌地躺在那裡。

利元全身散發著不滿與厭惡，大步走向人煙稀少的老巷子裡。手上的紙袋裡乖乖放著原本想要購買的法律相關書籍，以及毫無用處的料理書。

我為什麼要為了根本不會看的書多花四百八十盧布?!

再加上這本沒用的書頁數明明很少，價格卻貴得驚人，厚度不到一個指節寬，價格竟然就跟法典一樣。

他再次壓下湧上來的怒火大步走著的時候，跟在身後的凱撒說話了。

「只要一天看一頁，你也可以遠離死亡的危險。」

看到利元用可怕的眼神瞪著自己，凱撒回以一個燦爛的微笑。

「吃了自己做的食物而意外死掉，不是很悲慘嗎？」

要不要讓你體驗一下被料理書的邊角砸死有多悲慘？

當他一邊這樣想，一邊瞥向被製作成精裝版的料理書時，一大群孩子突然從巷子裡大喊著跑出來，他們根本來不及閃避就被孩子包圍住了。利元看到他們帶有髒汙的臉蛋和破舊的衣服，立刻察覺他們是流落街頭的小孩。對他們來說，外國人和有錢人是很好的目標，他們通常會進行偷竊或行乞。小孩們大喊著跑過來，蹲下去替他們把雪拍開、擦皮鞋，利元正要阻止他們的時候……

凱撒突然毫不留情地把跑向自己的小孩推開。沒好好吃飯、受毒品荼毒的瘦弱孩子甚至來不及叫出聲，就那麼飛了出去。這個意外的狀況讓利元嚇呆了，他根本來不及喊出「你在做什麼」，凱撒立刻從懷裡掏出克拉克手槍，用槍指著抓住自己外套的孩子額頭。面色鐵青的利元瞪大了眼睛，嚇到的孩子們全都尖叫著逃走了。

那一瞬間，利元就那麼僵住了，無法置信的事情在眼前發生，凱撒毫不遲疑地用槍指著孩子的頭，俯視著他。以前從他身上感受到的顫慄，現在正席捲全身。他是個能毫不留情地用槍指著那麼小的小孩，表情卻不會有任何變化的男人。那張臉即便奪走人的性命，也不會感受到任何喜怒哀樂。

凱撒冰冷且面無表情地用槍指著孩子。

聽到「喀嚓」一聲，保險解開的聲音。那瞬間，利元領悟到了，這個男人會眼睛眨都不眨地就那麼扣下扳機。

「住手！」

利元這時才大喊著阻擋在兩人之間，凱撒瞬間把槍朝向空中，驚悚的槍聲劃開天際。

「呃！」

利元不禁摀住耳朵，感覺耳膜嗡嗡作響，凱撒卻沒什麼反應，反而皺起眉頭看著利元。

「你在幹嘛？你差點就受傷了。」

「你才是在做什麼？竟然想對小孩開槍！」

利元摀著一隻耳朵大喊，凱撒卻一臉無所謂地開口。

「誰叫他碰了我。」

「那又怎樣?!他不過是個小孩，竟然就對他開槍，你到底在想什麼！」

凱撒依然用無法理解的表情看著利元，就像是完全不懂他為什麼對自己這麼生氣。

「我不懂你為什麼要罵我，我只是做了我該做的事而已。」

「該做的事就是對小孩開槍？」

聽到利元的嘶吼，凱撒冷漠地回問。

「就算是小孩，又有什麼不一樣？」

利元說不出話來了，他是無異於靠辯論吃飯的律師，但還是第一次這樣啞口無言。然而，凱撒根本不給利元思考的時間。

「如果你只想說這個，那就讓開。」

凱撒再次拿起了槍，這次真的打算對孩子開槍。利元嚇了一跳，不自覺地護著孩子往後退，他很想叫孩子逃跑，但這是不可能的。當利元急忙回過頭看時，發現小孩的褲子已經溼了一大片，他連哭都哭不出來，只是愣在那裡尿褲子，這樣的小孩是不可能逃跑的。利元咬住嘴唇，再次面對凱撒。

「你那麼想開槍的話，那就對我開槍。」

「你說什麼？」

凱撒頓了一下，皺起眉頭，利元正眼怒視著他，嘶吼道。

「聽不懂嗎？如果你想朝這個孩子開槍，那就先對我開槍！我甚至還打過你，你開槍射我是理所當然的吧？照你說的，我應該立刻被處決，你還不快開槍？」

聽到他迫切的聲音，凱撒無言地看著利元。他是認真的，即使就這麼扣下扳機，他也絕對不會閃躲。

兩人之間流淌著可怕的寂靜，佇立著將槍口指向孩子的凱撒、僵在原地的孩子、擋在兩人之間瞪著凱撒的利元，以及看著他們的組織成員，誰也沒有說話。

只有越下越大的雪簌簌地在他們周圍落下。組織成員屏息看著他們，不發一語地凝視著利元的凱撒終於把槍放下來，同時，倒抽一口氣的孩子立刻驚恐地跑了出去。利元確認孩子已經跑遠後，才把頭轉回來。

凱撒把手中的槍再次放回懷中，利元放鬆了肩膀，一股憤怒卻接著湧上。當他想要說些什麼時，凱撒瞥向利元的後方，突然移動腳步。這個意外的行動讓利元緊張起來，慌張地看向他。他該不會是想對逃跑的小孩開槍吧？利元的腦中浮現這些可怕的想像，但他猜錯了。

凱撒彎腰撿起半埋在雪裡的某個東西，等他轉過身來，利元才知道那是什麼——是自己丟出去的紙袋。凱撒親自把利元在緊急狀況下丟出去的書撿起來，把雪拍掉後抬起頭來。他立刻朝著利元走去，把紙袋拿給他。凱撒接下來的行為令人出乎意料，他的口氣和表情令利元啞口無言。

「這可不能弄丟，它不是能救你一命的書嗎？」

凱撒用輕快的聲音說道，朝著利元一笑。對於這個突如其來的轉變，利元只是呆呆地看著他。不知不覺間，他已經回到平時的樣子，回到對著利元開玩笑、挖苦他還笑出聲的表情。

極大的反差讓利元無法適應，如果不是鼻尖還隱約殘留著一點火藥味，他根本分辨不出剛剛是睜著眼睛作夢，還是看到幻象。他怎麼能這樣，剛剛明明還想把小孩殺了，怎麼能這樣突然改變？利元感到頭暈地眨了眨眼睛。

「你……你真的沒有任何感覺嗎？」

聽到利元這樣問，凱撒歪了歪頭。

「什麼意思？」

利元無法壓抑住情緒地大喊道。

「對小孩做了那種事，你都沒有任何感覺嗎?!怎麼還能這麼泰若自然？就算你是黑手黨，你可是用槍指著那麼小的小孩，怎麼可以那麼無恥……！」

大喊著的利元聲音漸漸變小，凱撒依然用不解的表情看著他。利元瞬間感到一陣空虛，感覺這麼生氣的自己像個笨蛋一樣，不論他說什麼，這個男人就是無法理解。

不能輕易同情街頭上的孩子，利元也很清楚，但是凱撒所做的不單只是制裁。對他而言，人命真的這麼不重要嗎？

就算對方是個小孩。

等利元閉上嘴巴不再說話時，剛好有手機鈴聲響起，聽到急忙接起電話的聲音後，其中一名成員走過來報告。

「那個，沙皇，車子在附近待命了，請問該怎麼辦好呢？」

凱撒轉過頭去，那裡有熟悉的轎車和麵包車排著隊閃著雙黃燈，他點點頭後看向利元。

「要不要回去了？事情都辦完了吧？」

面對輕鬆地伸出手來的凱撒，一直沉默著的利元開口了。

「不用管我，我自己回去。」

凱撒皺起眉頭，利元用分岔的聲音粗魯地說。

「聽不懂人話嗎？我說我自己回去。」

利元粗暴地搶走凱撒手上的紙袋，轉過身去，凱撒看著他就這樣離開的背影，沒有再挽留。利元感覺得到凱撒的視線，但沒有回頭，反正那個男人根本不懂自己生氣的理由。

突然一陣風吹來，利元不自覺地用手按住頭，摸到了柔軟的天然毛皮。他現在才想起凱撒幫自己戴上毛帽的樣子，那個時候或是在那之前，利元一直都只有看到凱撒的那一面。

不過他錯了。

到目前為止並未知曉、凱撒藏起的另一面，讓利元感受到極度的反差。他走了又走，不知不覺間，雪已經厚厚地堆積在了他的肩膀上。

◎◎◎

利元到了晚上才回到宅邸，從書店回到家，還有從大門經過寬廣的庭院，全都是用走的。凱撒從窗戶看著好幾小時後終於抵達家裡的利元，不久後，負責追蹤利元的組織成員敲了敲門。

「沒有發生什麼事，他只是一直在走路……」

聽到短暫的報告，凱撒點點頭，組織成員立刻低下頭離開了房間。凱撒拿出雪茄點了火，把嗆辣的菸吸進肺裡，複雜的情緒卻無法消解。

我到底做錯了什麼？

他回想了好幾次，卻根本想不通。他只是做了自己該做的事而已，礙事的人就是該除掉，為什麼小孩就不一樣呢？他為什麼要那麼生氣？凱撒皺著眉頭，再次抽了一口雪茄，他雖然不斷自問，卻得不出答案。

第11章

因為下了整晚的雪，世界變得白茫茫一片，一大早就能聽到忙碌剷雪的聲音，但雪依然下個不停。利元在一如往常的時間醒來，朝著餐廳走去。

一如預期，凱撒已經坐在餐桌前，他聽到腳步聲，回頭看向利元，立刻露出微笑。

「又開始下雪了呢。」

凱撒無奈地搖搖頭。利元不發一語地坐到自己的位置上，把餐巾鋪開，拿起麵包時，凱撒開口道。

「我可能不太方便去上班，暫時要在家裡工作了。」

利元依然沒有開口，凱撒繼續說道。

「聽說只要撒點鹽就不會積雪了，但雪下成這樣，要撒多少鹽才……」

「喂。」

利元突然打斷凱撒的話，看到凱撒微笑地看著自己的視線，面無表情地說道。

「我沒心情跟你說話。」

利元只說了這句話，他冷漠地警告完，安靜地吃起管家端來的早餐，就不再開口了。

凱撒用單手撐著下巴，看著利元，隨即聳了聳肩。

「你今天也打算整天關在書房裡工作嗎？」

如利元預料，凱撒根本不打算把自己說的話聽進去。他默默地把食物送進嘴裡，以此代替回答。

「那我去溫室摘點薔薇……」

凱撒的話還沒說完，利元就放下餐巾，站了起來。

「我吃飽了。」

凱撒默默地看著利元對管家打完招呼後，直接離開的背影。收拾著空盤子的管家小心翼翼地觀察著臉色問道。

「請問他是怎麼了嗎？」

「這個嘛……」

凱撒說話了。

「我不知道。」

那個男人真的不知道。

利元皺著眉頭想，他根本不懂我為什麼會那麼生氣，所以才會說那種無聊的玩笑話。利元真的無法理解凱撒這個人，這個可以毫不猶豫地將槍指向孩子的男人。他怎麼還能這樣笑著對自己開玩笑？明明就是個沒血沒淚的人，卻在自己面前裝作沒事地笑著，真是個讓人完全看不透的男人。利元對凱撒的行為感到十分火大。

我最好還是趕快結束工作，趕快回去。

他再次下定決心，急忙走向書房。

利元關在書房裡和資料搏鬥了好幾天，他之所以在工作上投入到讓自己也很佩服的程度，是因為他很想快點離開這棟宅邸，然後這輩子再也不和凱撒見面了。

他盡可能在書房裡用餐，睡眠也只壓在最低限度內，一心一意地埋頭於工作。

如他所願，他遇到凱撒的次數減少了，頂多就是用餐時，或是在走道上碰到而已。如果凱撒不是因為連日大雪必須待在家裡，很可能會連遇都遇不到。

凱撒一點都沒變，碰面就會說一些無聊的話，讓利元很火大。利元一開始表現得很不耐煩，後來改為忽視他。如果可以的話，他很想就那麼假裝不認識他，但現實不容許他這麼做，因為很不幸的，凱撒是他的委託人。

……

利元一臉苦惱地看著文件。上面詳細地寫著開發中的土地所有權是如何轉移到誰手上的，但他再怎麼查閱資料，上面寫著的最終所有權人還是很奇怪。雖然傳聞說這塊地是前市長的，但事實卻不是。以現在的情況來看，不屬於任何人才是正確答案。已經滯納很多稅金的前市長一定會盡量脫產再申報，那麼他會把名義轉移到別人名下嗎？

煩惱的他立刻拿著文件站了起來，現在該去見凱撒了。

◎◎◎

利元走出書房，才發現自己是第一次主動去找凱撒。這麼一想，他每次都會在自己找他之前先出現，就像空氣一樣總是在那裡。

他以微妙的心情走著，剛好遇到從對面走過來的管家。

「請問有什麼需要嗎？」

聽到管家主動詢問，利元回答。

「是，請問你知道凱撒……沙皇在哪裡嗎？」

聽到利元叫他的名字，管家一瞬間露出奇怪的表情，利元立刻改為大家習慣的叫法，接著問道。管家恢復往常的表情，不帶感情地回答了。

「他在私人會客室裡，您走到一樓走廊的盡頭就能看到了。」

「謝謝。」

利元簡短道謝後轉過身去，宅邸的構造大致在腦海裡浮現，他立刻想起那裡是什麼地方，就是利元接受凱撒的委託進到宅邸時，第一次被帶去的地方。

寂靜的宅邸裡除了自己的腳步聲外聽不見任何聲音，甚至有種整面牆都變成耳朵，聽著自己呼吸聲的錯覺。他感受著詭異的毛骨悚然感一邊走著，終於抵達了目的地。

玻璃牆讓人一眼就能看清室內景象。私人會客室位於庭院和宅邸的中間點上，巧妙融合的設計讓會客室像是宅邸的一部分，也像是庭院的一部分。如果這裡是陽光較為強烈的地區，甚至可以做日光浴，這是較為可惜的一點。

他不經意地看到地板上有一雙被隨便亂丟的拖鞋，不用問也知道那是誰的。利元也脫下拖鞋，經過跟牆壁一樣用玻璃製成的拉門，進到裡面。

雖然這裡也一樣安靜，但不知為何有種舒適的感覺。搞不好是因為即使是在宅邸內部，樹木及花草卻讓人感覺這裡是庭院一角的關係。腳底下柔軟的草皮靜靜吸收掉利元的腳步聲，能透過垂下來的樹枝看到吊掛在天花板的繭。看起來很舒適的椅子不同於第一次見到時，這次有一半朝向利元，所以他現在才知道這是繭形狀的扶手椅。

凱撒高大的身體放鬆地躺著，胸口上還放著書就睡著了，打赤腳的一隻長腿隨意地垂著，一隻腳則掛在另一張椅子上。利元看到半躺著閉著眼睛的他，突然停下腳步。

與第一次見到他時的震撼相近的顫慄再次甦醒。這個男人身上依舊散發著耀眼的光芒，不對，現在似乎比當初更加閃耀。如果真的有天使存在，指的一定是這個男人。

利元站在原地俯視著凱撒，他的視線從被陽光照耀、泛著銀光的頭髮，移動到因陰影襯托而顯得立體的五官上。利元第一次可以這樣仔細觀察凱撒的臉，傾斜的那一側睫毛被陰影籠罩，散發著金色光芒，另一邊被陽光照耀的睫毛卻是銀色的。

沐浴著陽光的柔軟頭髮慢慢搖晃著，在金銀之間變換。平時嘲笑、挖苦利元的嘴唇，現在也因閉上而顯現出端正的形狀。

利元不自覺地將手伸向凱撒，突然很想撫摸他的頭髮。優雅的金色波浪在眼前閃耀著光芒，他悄悄伸出手撫摸到頭髮時，凱撒突然睜開了眼睛。

喀嚓——

沉重的聲音同時在耳邊響起，利元接著才察覺現在的情況。凱撒突然拿出克拉克手槍，用冷漠的眼神瞪著利元，他的本能在理性之前做出了反應。利元感受到自己全身變得僵硬，止住了呼吸，那之後才發現凱撒用槍指著自己。

短短的一瞬間，令人窒息的沉默流過，原本用冷酷的表情凝視著利元的凱撒霎時改變了表情。

「差點就出大事了。」

凱撒用一如往常的笑臉把槍收進椅子的內側後說道。

「下次記得喊我的名字叫醒我，不然你可能會後悔。」

凱撒不以為意地提醒完後站了起來，吊在空中的椅子像鞦韆般慢慢前後晃動。

「嚇了我一跳，我以為你這輩子都不會再跟我說話了。」

輕鬆挖苦自己的話讓利元知道這是自己所熟悉的他，他這才找回理性，開口道。

「我來是有事情要跟你確認，現在有空可以談一談嗎？」

「又是工作？」

凱撒失望地皺眉，馬上聳了聳肩。

「我們邊喝茶邊聊吧，跟我來。」

凱撒先轉過身，利元跟在他身後邁步而出。打開拉門走進走廊的瞬間，利元突然被冷漠的沉默包圍，不知為何有種從溫暖的床上突然被趕到冰冷馬路邊的感覺。他感受著奇妙的反差，看著一個人走在前面的凱撒背影，慢慢跟了上去。

◎ ◎ ◎

凱撒在眾多房間中，親自將利元帶進小茶室。雖說是小茶室，還是比利元的租屋處大上許多，但以宅邸的規模來看，這裡可說是非常樸素。

「所以你要說什麼？」

等管家把茶放下離開後，凱撒問道。他的態度和平時沒有兩樣，彷彿對剛剛拿槍指著利元的事完全不知情。感覺剛才槍口對著自己的毛骨悚然記憶就像是一場夢。

不過這是現實，到現在還沒撫平的雞皮疙瘩告訴他這是真的。他再次領悟到黑手黨果然是黑手黨，利元想到這裡，用公事公辦的語氣開口了。

「茲達諾夫議員和前市長一起取得的那塊土地，所有權人有出入。」

利元俐落地說出自己推敲出來的結論，靜靜聽著的凱撒開口了。

「所以你想要找到借名的人嗎？」

利元點點頭，接著說道。

「雖然還要再調查，但那個人是條線索，要盡量說服他提供證詞。若能成功，會對官司產生很大的幫助。」

如果順利的話，事情很快就能結束。對於提出解決方案的利元，凱撒不發一語，只是一直看著他。利元想著是不是需要再多說明一些，於是咬了一口隨茶一起放下來的餅乾，繼續說道。

「他們的手法可能都很類似，甚至一模一樣。總之要先打聽跟這塊土地相關的事情，找出借名的人，就可以調查他身邊的人。可以問還有沒有類似的例子，追蹤下去搞不好就會發現其他土地也……」

「我很可怕嗎？」

嚼著餅乾的聲音戛然停止，利元正面凝視著凱撒。凱撒眼神荒蕪地看著自己，利元依然面無表情地吃著餅乾。

「你在說什麼？」

聽到冷靜的音調，凱撒靜靜地回答。

「你不是在防備我嗎？」

其他時候凱撒可能會微笑著、兜著圈子說話，或是口出嘲諷，現在卻意外直接，讓利元反而不知道該怎麼回答。

「沒有這回事。」

利元靜靜地補充說明。

「我只是覺得黑手黨果然是黑手黨而已。」

凱撒一直凝視著利元，好一陣子沒說話後，他再次問道。

「你還在氣我用槍指著小孩子這件事？」

「反正你是不會懂的。」

利元接著說了。

「就像我不懂你一樣。」

在安靜的沉默中，兩人彼此互看，先開口的是凱撒。

「我不想要你疏遠我。」

利元皺著眉頭問道。

「我怎麼想你這個人，又有什麼關係？」

凱撒沉默地看著利元，開口道。

「因為我對你很感興趣。」

這意外的發言讓利元愣住了，他瞪著瞪大的眼睛回想過去的事情。以資料為誘餌要求親吻，借委託的名義把人引來家裡，甚至把摩托車弄壞，把自己關了起來。

「那說這是對我感興趣？」

他這麼一想就覺得很厭煩。對於利元挑釁的視線，凱撒沒有說話，甚至沒有像平常一樣微笑，或是說無聊的話挖苦他，凱撒只是沉默地凝視著利元，他令人意外的反應讓利元不禁皺起眉頭。凱撒靜靜地注視了他一段時間後，開口道。

「你不論走到哪裡，總是很能引人注目。」

「那是因為我個子高。」

聽到利元理所當然地回答，凱撒露出苦笑。他直盯著利元的臉，伸出了手，利元瞬間愣住了。對於他反射性地顯露出戒備，凱撒只用指尖碰了一下他的頭髮。

利元還來不及反應過來，凱撒就慢慢移動手指，撫摸著利元的頭髮。他意外的行為讓利元感到很慌張，凱撒的視線靜靜地固定在利元的臉上，為了不讓他嚇到，慢慢站起來，不疾不徐地在桌子上方傾過身體，像在自言自語般靜悄悄的、而且非常溫柔地把臉靠了過來。

他把手伸進一動也不動的利元頭髮之間，溫柔地撫摸，在他耳邊呢喃。

「愛慕你的男人們還真可憐。」

耳邊感受到的低聲呢喃讓利元豎起了寒毛，因意想不到的刺激而嚇得倒抽了一口氣。溫暖的氣息繚繞在耳邊，心臟像快要從口中跳出來般不停跳動，利元立刻跳起來宣布。

「我要回去工作了。」

他只把自己想說的話說完，就轉身離開了房間，雖然凱撒凝視著自己背部的視線幾乎讓人發痛，他卻沒有理會。

那傢伙到底在想什麼？

利元走在空蕩蕩的走道上，故意發出很大的腳步聲。他怎麼會突然說些奇怪的話，還摸了我的頭髮，他到底有什麼企圖？

他突然想起伸進自己頭髮裡的手指觸感，凝視著自己的銀灰色眼眸，還有在耳邊呢喃的低沉聲音。

利元一瞬間感受到了他的氣息，讓他不自覺地摀住耳朵，心臟瘋狂跳動，身體熱得難以忍受。利元立刻進入書房，用力甩上門。

他竟然這樣玩弄人。

利元越想越生氣，不過他對自己的反應更加惱怒。他不斷想起觸碰頭髮的手指觸感、低沉的嗓音，還有吹入耳裡的輕柔氣息。

ϬϬϬ

連日大雪終於停了，整個上午都在進行鏟雪作業，車子終於可以在庭院內行駛了。利元埋頭工作到很晚才睡，卻被鏟雪的聲音吵醒。他看著窗外忙著除雪的人，心裡總算覺得舒暢了一點。他看著不久後就消失的積雪，邊吃早餐，邊拿著文件走到外面。

喀嚓。

利元沒有多想就打開了門，差點正面撞上剛好從走廊走過來的凱撒。他這陣子都待在家，所以都打扮得很休閒，今天卻不太一樣，就跟第一次見到他時一樣，凱撒穿著完美的灰色西裝，後方站著雙手捧著大衣的管家。對於瞪大眼睛慌忙停住的利元，凱撒笑著開口。

「哎呀，錯過了難得的機會。」

他故意張開雙手，利元卻什麼都沒說。他突然想起前一天的事情，一把火頓時湧上來。利元故意把手上的文件丟向笑咪咪地對自己張開雙手的凱撒，凱撒反射性地接過文件，而利元尖銳地開口。

「今天之內把那些看完，再來討論。」

然後利元轉過身走回書房，似乎能聽到凱撒的笑聲從身後傳來。利元不耐煩地皺起眉頭，捉弄別人到底有什麼好玩的？黑手黨就是這個樣子。他粗暴地撥了一下頭髮。

๑ ๑ ๑

利元直到下午都無法專心工作，他只能心不在焉地翻閱資料，反覆重看同樣的地方。他雖然告訴自己要冷靜，可是他其實很清楚自己是冷靜不下來的。

事情進展得不順利讓他變得焦慮，他承接這個案子是為了了結尼可萊的官司，但是別說去找證據了，他反而被埋沒在無止盡的資料裡浪費時間。

這種事情到底要持續到什麼時候？

重複做了好幾個小時沒有意義的事情後，他還是放棄了，把資料放下，心想這樣下去不行，最好讓腦袋冷靜一下。

不如久違地去散個步好了。

利元想起過去好幾天因連日的大雪只能關在家裡，就立刻站起來。他放下工作，透過和書房相連的門回到房間，當他拿起外套走出房門的那瞬間，後方突然傳來淡淡的聲音。

「請問有什麼需要嗎……？」

利元嚇了一跳，回過頭來。如預想的一樣，管家正站在後頭看著自己，就像總是在監視他一樣，每次都會突然出現在面前，讓利元不太能適應。管家用細長的眼瞄了他的外套一眼，而利元說道。

「我只是想去外面散散步。」

那瞬間，管家的眼睛閃過銳利的光芒，不帶感情地對不自覺愣住的利元說道。

「是嗎，那請您稍等一下……」

說完後離開的他再次出現時，手上拿著一頂帽子。

「沙皇出門前有交代，如果您要外出，還請您戴上這個。」

利元沉默地俯視著毛茸茸的護耳毛帽，很想說他不需要，但是一想到走在被雪覆蓋的庭院裡卻沒帶毛帽的感覺，就不禁打了個寒顫。他看了它好一陣子後，簡短地道謝後把毛帽戴到頭上。

「您會去較遠的地方嗎？」

聽到管家詢問，利元沒有回答地很明確。

「對……可能會，我會在晚餐之前回來。」

等利元說完，管家不以為意地回答。

「晚餐會在您需要的時候為您準備好，請安心出門。」

利元爽快地點點頭。

「我知道了，謝謝你。」

簡單地道別過後，利元離開了宅邸，沿著雪被清理乾淨的庭院道路走出去，而管家用銳利的眼神看著他的背影。

腳下傳來沒有被完全清除乾淨的雪的沙沙聲，利元一點一點地吐出白茫茫的氣，慢慢走著。庭院大得沒有盡頭，甚至大到讓人覺得自己有可能會在這裡迷路。

不過被白雪覆蓋的庭院真的太美了，只要看到這幅景色，任誰都會想要在這裡散步看看。被雪覆蓋的整排針葉樹朝著天空聳立，利元看到這個驚奇又夢幻的風景卻一點都不覺得感動，即使換個地方，思緒依然紛亂，讓他很難靜下心來。

利元把歪一邊的毛帽推回去後，就這麼愣在那裡，他突然想起撫摸自己頭髮的修長手指。利元皺著眉頭繼續走著，腦海裡尼可萊的官司和貝爾達耶夫的貪汙複雜地糾結在一起。

他不知不覺放慢了腳步，但他沒有意識到。想要忘記的記憶又浮現在眼前，看著自己的銀灰色眼眸、泛著隱隱笑意的嘴角、朝著自己伸出來的修長手指。

瞬間，不自覺摀住耳朵的他立刻皺起了眉頭。

我到底為什麼會想到這些事情？

利元認為煩惱這種事情的自己很奇怪，他覺得很煩燥，但不是因為那個男人，而是因為自己。他不想要為了明顯是在挑釁、逗弄自己的男人而發怒。一棵很大的針葉樹映入不禁皺眉的利元眼簾，他一氣之下朝著樹猛踹了一腳。

隨著沉重的聲音響起，古老的樹木開始搖晃，接下來問題來了，有不太妙的聲音從頭上傳來。陰影籠罩住利元，他不自覺抬頭一看，發現有一堆雪從他上方掉了下來。

呃啊！

他不禁張開嘴，還沒發出慘叫，雪已經朝利元襲來。

噗哈！

就那麼倒在地上的利元連呻吟都發不出來，他急忙吐出塞滿口中的雪，好不容易撥開壓在身上的雪塊爬了出來。

他變得悽慘無比，毛帽被雪壓扁了，溼掉的大衣讓他全身發冷，嘴裡還留有殘雪和折斷的樹枝。

「該死！」

利元本來想再踹大樹一腳，卻停了下來，改朝著空中揮拳洩憤。他煩躁到快爆炸了，對無謂的事情感到煩惱和在意已經讓他夠氣了，還被雪壓到全身溼透。利元決定放棄散步，轉身離開。他縮著肩膀朝宅邸走去，一邊不斷地咒罵。

都是那傢伙害的。

他好不容易回到宅邸，太陽已經快要下山了，明明才散步不到三十分鐘，卻已經覺得肚子餓了。利元冷得全身發抖，小跑步朝著房間而去。要請他們幫忙準備一點簡單的食物嗎？不，先來泡個熱水澡好了。他的牙齒打著顫，一邊握住了門把。

那時，他有種不祥的預感，一股令人不快的不自然感傳來。利元皺著眉頭，慢慢轉動門把，陰森的寒氣湧入空氣中。他壓低聲音悄悄打開門，從漸漸打開的門縫中，熟悉的房間映入眼簾，還有——

他看到了瘋狂翻找抽屜的陌生男人身影。這瞬間，他用尖銳的聲音大喊。

「你是誰?!」

在陰暗的室內點著手提燈，翻找房間的男人被突如其來的大喊嚇了一跳，慌忙地轉過頭。因緊緊拉上的厚窗簾，無法看清男人的臉，但利元明確知道他的意圖。利元突然的出現讓男人慌張不已，左顧右盼想要伺機逃跑，利元看到他立刻朝著通往書房的門跑去，毫不猶豫地衝向前。

「這傢伙，想逃去哪?!」

利元一把抓住男人的肩膀，狠狠揮出一拳，男人根本來不及尖叫，就那麼摔倒在地。利元想要開燈確認男人的身分，可是手才剛伸向牆壁，倒地的男就抓住了他的腳。隨著巨響，利元撞在地上，兩人開始打鬥起來。

在陰暗的房間打鬥，比一次對付好幾個人更不容易。在無法找到對方要害的情況下，利元和男人對彼此拳打腳踢，有時揮拳還會落空，在房間內摔倒。

男人正在想盡辦法逃跑，焦急揮出的拳頭一直擦過利元的雙頰，沒有打中。利元躲開他的拳頭，同時彎下身來踢中男人的小腿。

聽到準確擊中骨頭的聲音，男人的慘叫隨之傳來，利元沒有放過這個機會，朝牆壁伸出手來。

就在這時，外頭突然傳來車子的引擎聲，利元不禁停住，這是他的失誤。而男人沒有放過這個機會，他突然抓住利元的肩膀，用手肘敲向他的太陽穴。瞬間，利元屏住呼吸，就那麼癱坐在地，同時聽到男人發狂般跑出房間的聲音。利元忍受著暈眩，搖搖晃晃地站起來。

「你這傢伙，還不給我站住……?!」

利元大喊著、摸索著走出去的瞬間，室內突然亮起的燈光讓他閉起雙眼。

「您還好嗎？發生什麼事了?!」

急忙趕來的管家焦急地問道，利元確認是他的聲音後，維持閉著雙眼的狀態開口。

「你……有沒有看到什麼可疑的人？他剛剛從我的房間跑出去。」

「什麼？我沒有看到那樣的……」

他用明顯很慌張的聲音結結巴巴地回答。利元摀著一邊的額頭，從喉嚨深處發出呻吟，急促的腳步聲緊接著傳來。

「發生什麼事了？好像有聽到什麼聲音。」

「等等，您這不是在流血嗎？律師先生，請把手拿開！」

「喂！那邊的！去把醫生叫來，快去！」

在瞬間變得一團亂、來來去去的人們之中，利元感到頭暈地當場癱坐在地，他後來才察覺剛剛摀著額頭的手溼溼的，接著才意識到手上黏黏的液體是什麼。利元好不容易睜開眼睛，看到自己腳下積了一灘血。在喧嚷的男人之中，一道聲音穿插進來。

「現在是在做什麼？」

熟悉的冰冷聲音傳進耳裡，利元感覺到男人們的喧嘩聲頓時消失，大家整齊劃一地低頭行禮。利元用手按著流血的傷口，抬起頭來，他看到一臉驚訝的凱撒站在那裡。凱撒穿著跟早上一樣的衣服，望著自己，臉上絲毫沒有平時的笑容。

一臉蒼白的凱撒沉默了好一陣子，在他張口的瞬間，利元看到他的表情頓時變得冰冷，和用槍指著孩子和自己時的表情一模一樣。利元在凱撒開口前搶先說道。

「有人入侵了。」

凱撒停頓了一下才開口。

「……入侵？」

凱撒的聲音很平靜，但利元覺得那更為可怕。他努力按住從指縫間流下來的血，說道。

「先確認一下周遭比較好，他不久前才逃走的。」

凱撒往旁邊一瞥，一群男人趕忙轉身往外跑去。凱撒看著剩下的手下散開，搜尋宅邸內部後，態度輕鬆地彎下腰，對著利元伸出手。

「你先治療一下比較好，詳細的之後再聽你說。」

利元雖然不太甘願，但還是接受了他的好意。可能是流了很多血，他連坐著都會感到頭暈，利元不想堅持己見，讓他看到自己倒下的糗態，便乖乖抓著凱撒的手站起來。他和僵著臉看著他們的管家對到視線時，管家立刻低頭說話了。

「沙皇，很抱歉，都是我沒能好好注意周遭，才讓客人遇到這種意外。我絕不會讓這種事情再次發生，真的很抱歉。」

利元用奇妙的心情看著平時總是瞇著眼睛，臉上明顯顯露出不滿地看著自己的管家，他一改過去傲慢的態度，接連道歉。凱撒用冰冷的表情俯視著他，開口道。

「晚點再追究你的責任，你也先去找找看是否有可疑的傢伙。」

「遵命。」

管家立刻轉身離開，低下頭的他表情陰暗無比。

「先去我的房間吧。」

看到凱撒想帶自己離開，利元開口。

「等等，在那之前我要先確認我的房間。」

他甩開想要扶著自己的凱撒，走回自己房間。他進入房間的瞬間，還誤以為自己走錯來到書房，但那裡確實是臥房。利元皺著眉頭，慢慢移動視線。

為數不多的私人物品全都被翻了出來，他瞥到掛在半開抽屜上的內褲，立刻把抽屜拉出來翻面，沒有去在意從裡面掉出來的內衣。利元確認了翻過來的抽屜底部，那裡有個被膠帶固定住的信封。

「那是什麼？」

當他把信封拿下來時，凱撒驚訝地問道，而利元漫不經心地回答。

「我另外保存了重要的文件，因為不知道會發生什麼事情。」

等利元確認完信封的內容物，凱撒才開口。

「所以……不見的是？」

聽到凱撒提問，他再次把文件封好。

「沒事了，因為這個還在。」

利元疲憊地吐出一口氣，一屁股坐在床上。在戒備這麼森嚴的豪宅裡，偏偏是利元的房間遭小偷，這可不能說是偶然，一定和利元在調查的案子有關。到底是誰呢？當他無言地陷入沉思時，凱撒突然問道。

「很痛嗎？」

利元沒好口氣地回答。

「一點點，這沒什麼。」

沾滿鮮血的手一直滑下來，利元再次用力按住太陽穴時，突然在血腥味中聞到一股不同的香氣。微微飄來的味道是凱撒的古龍水香味，利元一抬起視線，凱撒就遞出了手帕，那是放在他西裝外套前的口袋巾。利元只是盯著它看，凱撒就親自握住利元的手，把口袋巾塞了進去。

凱撒把手疊在利元沾血的手上，幫忙輕輕按著傷口，而利元沉默著沒有拒絕。凱撒突然舉起另一隻手，猶豫了一下才小心翼翼地撩開他掉落的頭髮，利元這次也沒有制止。

凱撒俯視利元時，表情已經回復平常，利元再次感受到奇妙的反差感，與他四目相接。利元發現凱撒想要開口，正好奇他想說些什麼時，凱撒就閉上了嘴，轉過頭去換了話題。

「醫生好像到了。」

說完這句話，利元就從男人們吵鬧的聲音和腳步聲中，聽到車子疾駛而近的引擎聲。

⁶⁶⁶

家裡變得一片混亂，持續傳來粗暴的腳步聲和喊叫聲。凱撒默默站著，抱著手臂靠在牆上，利元背對著凱撒接受治療，安靜地坐著沒有說話。血終於止住了，但傷口很大，必須讓醫師用帶來的醫療器具在額頭上縫個三、四針。

「應該不會留下疤痕吧？」

凱撒第一次對幫利元纏上繃帶的醫生說話，讓醫生嚇得不小心鬆開膠布，也因為如此，包裹在利元額頭上的繃帶滑落了下來。利元代替醫生迅速抓住繃帶，固定好後開口道。

「當作是刺青就好了。」

「竟然想刺那麼沒品的刺青，你的品味還真糟糕。」

凱撒漫不經心地說完，瞄了醫生一眼，醫生慌張地剪著膠布回答。

「不、不會有問題的，因為傷勢沒有很嚴重。」

滿頭大汗的醫師說著，終於結束了治療，收拾著出診包。後來有組織成員開門走進來，以急促的語氣報告道。

「沙皇，家中和庭院都翻遍了，都沒有找到可疑的人影。」

利元立刻皺眉，回頭看向他。當歹徒一跑出去，他就立刻跟了出去，雖然有一段空白時間，卻沒有隔多久，再加上組織成員馬上就趕來了，卻說沒有找到？利元馬上顯露出懷疑的表情。凱撒向手下問道。

「入侵的痕跡呢？」

「完全沒有。」

聽到同樣的回答，凱撒開口道。

「你有看到對方的長相嗎？」

利元一抬起頭來，凱撒就低頭看向他。利元搖搖頭。

「沒有，房間太暗了……看體型只知道他是個男人。」

凱撒像是自言自語般呢喃。

「打了你之後還跑得掉，那人的實力應該相當不錯。」

利元面無表情地說。

「如果某天發生同樣的狀況，看你能多厲害。」

凱撒笑了一下後立刻回頭，一直待命著的組織成員馬上緊張地低下頭來。凱撒開口道。

「加強戒備，有入侵者擺明就是你們的失誤。」

凱撒的嘴邊掛著冷笑。

「這個宅邸竟然會有入侵者闖進來，你們明天早上最好先照一照鏡子，看看腦袋是不是還好好地掛在脖子上。」

組織成員用僵硬的表情急忙低下頭。

「沙皇，非常抱歉！我們絕對不會再讓這種事情發生！」

「退下吧。」

聽到凱撒的話，組織成員瞬間關上門消失了。只剩下他們兩人後，凱撒將視線投向了利元。

「結果文件沒事，也沒發現可疑的傢伙。」

「居然讓他逃掉了，真不敢相信。」

看到利元皺著眉頭，像是自言自語般呢喃，凱撒瞇起了眼睛。

「是啊，真的很奇怪。」

這時陷入沉思的利元還沒察覺到，凱撒異常冷靜的聲音代表著什麼意義。

第12章

早晨在慌亂的氣氛中來臨。因為房間變得亂七八糟的，被帶到另一間房間的利元翻來覆去一整晚後，好不容易睜開了眼睛。當他揉著紅腫的眼睛走出來時，他看到走廊上站著穿西裝的男人。

不只一個人，偶爾會有幾個男人來回走動，交換著帶有殺氣的眼神。利元一臉不高興地看著這個景象邁開步伐，一如往常，一看到他從房間走出來，管家就立刻跟了上來，親自把他帶到餐廳。在純俄羅斯人嚴酷的視線中，他抬頭挺胸地走了過去。

最先映入眼簾的是凱撒背對著利元坐著的背影，站在他身旁、在他耳邊小聲報告某件事的男人一看到利元出現，立刻起身閉上嘴。利元雖然感覺不太舒服，但在目前的情況下，只能假裝沒看到地再次挪動步伐。凱撒看到利元坐下來，開口道。

「我加強了警備。」

他已經知道了，不只是來回於走道的三、四個男人，食堂每個角落也都有穿西裝的男人佇立著。利元露出倒胃口的表情開始用餐，感覺自己好像會消化不良。想到這些男人一整天都會在家裡走來走去就覺得鬱悶。看著默默切著麵包放入嘴裡的利元，凱撒說道。

「你不用擺出那麼厭煩的表情，加強戒備的是宅邸的外部，內部還是跟以前一樣。」

利元轉移視線時，凱撒補充說明。

「這應該是外人所為，所以只要宅邸外和庭院有確實做好警戒，就不需擔心。」

凱撒露出「這樣可以嗎」的笑容，利元並沒有跟著笑，但明顯可以看到各處以固定姿勢站著的男人露出驚嚇的表情。根本不在意周遭的動搖，對著自己微笑的凱撒讓利元有種奇妙的感覺，並轉過頭去。

ⓖ ⓖ ⓖ

凱撒出門上班後，如同他所說的，在宅邸內來回走動的男人們瞬間不見了。相反的，雖然監視宅邸外和庭院的人變多了，但不用看到他們，利元就感到心滿意足了。

反正他只會把自己關在書房裡，但還是難免在意。利元想起早上的情景搖搖頭，當他想到每當從書房走出去就會遇到那些人，就覺得到事情全部結束為止，乾脆都關在書房裡還比較好。

當他搖著頭，想把這些不舒服的想像甩掉時，外面傳來了敲門聲。就像是在等待他回答，門隔了一陣子才打開，管家探頭看向裡面。悄悄伸進來的臉和利元對到視線後，瞬間愣了一下，然後立刻恢復平時的面無表情開口道。

「請休息一下再繼續吧。」

他在利元回答之前就拿著托盤進來，鄭重地行了一禮。以為他會像平時那樣把茶放下就離開，今天卻不一樣，管家把托盤放到利元坐著的地板上，端正地坐到他的對面。這意外的舉動讓利元瞪大眼睛，這時管家把茶杯放到利元面前，讓他再次嚇了一跳。

這個人是怎麼回事？

他每次都用不友善的眼神看自己，卻突然改變了態度，讓利元一時很難適應。看到利元只是呆呆地看著自己，管家面無表情地開口。

「昨天您真的嚇了一大跳吧？」

聽到他這樣說，利元突然稍微理解了，他是害怕凱撒的責罰才來觀察我的情況嗎？

紅茶注入茶杯的聲音響起。管家把泡好的紅茶倒入茶杯後，放到利元的前面。

「甚至讓您受傷了，是我的失職，非常抱歉。」

看到他鄭重道歉的樣子，利元搖了搖頭。

「不會，沒關係的，這不是管家先生的錯，幸好沒有任何東西不見……」

管家第一次對利元露出了笑容，利元拿起管家端給他的紅茶說道。

「那我不客氣了。」

管家沒有說話，只是輕輕點了點頭。管家看著利元喝了一口之後，開口道。

「沒想到律師先生那麼會打架。」

聽到他的讚美，利元接受他的好意，對他笑了一下。

「只到能保護自己的程度而已，是我運氣好。」

聽到利元的回答，管家立刻露出擔心的表情說道。

「您說沒有東西不見嗎？」

利元點點頭。

「對，重要的文件都還在，真是好險。」

管家用細長的眼睛凝視著他。

「……這樣啊……」

利元又喝了一口紅茶，突然覺得有點苦，是泡太久了嗎？他想起對管家泡的紅茶感到不太滿意的凱撒，眼前突然一片模糊。利元皺著眉，眨了一下眼睛。在毛骨悚然的沉默之後，管家笑了，可是他的眼裡完全沒有笑意。

利元突然覺得一陣暈眩，眼前的管家分裂成兩個人。這瞬間，他低頭看著自己的茶杯，褐色的紅茶在微微晃動。

這到底是……？

利元想要站起來，卻又坐了回去，當他覺得不妙時，茶杯已經從他手中落下了，熱騰騰的紅茶灑了出來，在文件留下長長的茶漬。

唉，所以我才不想邊吃邊工作的。

他用朦朧的意識這麼想著，緊接著閉上了眼睛，就那麼無力地倒在文件上。

停在庭院一角的黑色轎車關上引擎，保持安靜，車內同樣也充滿了死寂。緊張屏息的男人後方飄散著嗆辣的雪茄煙霧，坐在駕駛座上專注聆聽的男人突然嚇了一跳，透過戴在耳朵上的耳機接收狀況的他，經由後照鏡看向後方。

「沙皇，老鼠咬住起司了。」

長長的吐菸聲傳來，映照在後照鏡上的淺金髮男人露出淺淺的冷笑。深深坐進椅背裡抽著雪茄的凱撒開口了。

「那麼，去抓老鼠吧。」

在哪裡？到底在哪裡？一定在這裡面才對。

管家伊果爾急忙到處翻找，不斷翻開文件、打開抽屜。他一定藏在某個地方。伊果爾慌忙轉身，卻因刺痛而癱坐在地上，握住小腿蜷縮著的他，以埋怨的眼神看著利元。

利元依然沒有意識，自己下了猛藥，所以他應該無法輕易醒來。伊果爾咬著嘴唇瞪著他，全都是這個男人的錯，從一開始就都是他造成的。

我得趕緊離開這個宅邸。

伊果爾發瘋似的翻找著散落在地上的文件，他可不能空手回去，杜切夫會大發雷霆，自己的小命也會不保。

那時，伊果爾突然發現沙發下方藏有信封。

他的雙眼瞬間變得雪亮，趴下來在地上摸索著，手指感受到厚厚一疊紙張的觸感。他好不容易把信封拿出來，急忙打開看後，把眼睛瞪得老大。

就是這個。

當伊果爾面露喜色之時。

喀嚓。

手槍上膛的聲音從頭上傳來，伊果爾瞬間僵在原地。圍繞著周圍的男人們的長腿瞬間映入廣闊的視野中，他慢慢抬起頭來，有十數個槍口直指向自己，安靜的腳步聲傳入面如死灰地僵住的伊果爾耳中。

「哎呀，伊果爾。」

凱撒從迅速往旁邊讓出路來的男人們之中走了進來，泛著銀光的沙皇對他露出令人不寒而慄的微笑。

「最終還是被我抓到老鼠尾巴了呢。」

伊果爾臉色蒼白地嚥了嚥乾掉的口水，什麼話都說不出來。

◎ ◎ ◎

利元隱約聽到腳步聲，感受到身體的晃動，突然想起小時候搭船的記憶。他似乎看到有人露出淺淺的微笑，並在自己頭上溫柔地親吻。

媽媽……？

利元慢慢睜開眼睛，某個人映入眼簾，這是他認識的臉，不過他過了一陣子才意會到對方是誰。

「醒了嗎？」

他溫柔問道，利元眨著模糊的眼睛看著他，感覺自己依然在晃動。

怎麼回事……？

他又過了一段時間才意識到狀況，呆呆地轉移視線，發現自己的身體被毯子包裹著，接著感受到從臉頰傳來的溫暖體溫，他最後抬起昏昏欲睡的眼睛，看到眼前的凱撒。

他頓時清醒過來，瞪大眼睛想要站起來，可是被毯子包裹住的身體只是蠕動了一下。利元突然的動作讓抱著他走著的凱撒停了下來。

「這是、怎麼回……事？我怎麼、會被你……」

利元急忙問道，但他只能這麼想，嘴唇很沉重，發音漏洞百出。說句話原本有這麼難嗎？他無法得知其理由，腦子依然一片朦朧，身體很沉，他為了勉強回復記憶，緊皺著眉頭發出呻吟。片段性的思考怎麼樣也集中不起來，看到他發出細微的喘息聲，閉上眼睛，凱撒說。

「沒關係，你可以再睡一下。」

利元勉強打起精神，開口道。

「我要、下來……」

「好，好。」

凱撒像是在哄小孩般爽快地回答，讓利元很煩躁，可是他不聽使喚的身體更令他難受。

「你要……去、哪裡……」

聽到利元裹在毯子裡無力地呢喃，凱撒回答。

「我的房間。」

利元半睜著眼睛小聲說道。

「身體、好奇怪……」

凱撒輕聲細語地對他說道。

「沒事的，你好好休息，這幾天應該都會這樣。」

聽到他理所當然地回答，利元有種奇怪的感覺，他突然想起自己最後喝下的紅茶，那裡面一定下了什麼藥，難怪會那麼苦。利元埋怨著不能隨心所欲行動的自己，用盡力氣抓住了凱撒的肩膀。

「管家他……」

利元艱難地接著說。

「端茶給我……」

「對，我都知道。」

凱撒鬆開握著利元手臂的手，微微一笑。

「別擔心，睡吧。我已經處理好了，文件也沒事。」

利元突然間感覺到一種詭異的不對勁感，這種不舒服的感覺是怎麼回事？凱撒笑著看自己，但他有種不好的預感。不會吧？

「你……早就知道了？」

對於辛苦說出的字句，凱撒沒有回答，只是笑了一下。利元瞬間明白了，這全都是這個男人的詭計。

他突然感覺血液都冷卻了，自己被這個男人當成誘餌利用，當作讓叛徒露出本色的工具，他一領悟到這點，就氣得說不出話來。

不過更讓他感到無言的，是自己竟然為了這種男人煩惱那些事。他已經知道這個男人可以堂堂正正地用槍指著孩子的頭，為了達到目的，可以若無其事地將任何人當作工具利用，這次只不過是自己被利用了而已。

竟然笑著把人當成傻瓜。

利元氣得推開凱撒的胸膛，毫無防備的凱撒一瞬間鬆開了手，嚇到的利元就這樣摔落在了地上。

「喂！」

他聽到凱撒的大喊，但他只是瞪大眼睛倒在地上。

天啊。

利元連驚呼都沒有發出，就那麼摔在地上，卻感覺不到任何疼痛，只聽到沉重的聲音擦過耳朵。

他氣得不得了，自己竟然這麼單純地被騙，還被下藥，落得這副下場。他咬著牙屏住呼吸，搖搖晃晃地站起來，凱撒急忙靠過來說道。

「你突然間幹嘛啊？」

凱撒想要再次把他抱起來，但利元用盡力氣甩開他。隨著一陣暈眩，眼前突然天旋地轉，凱撒急忙抓住直接往後倒的利元，倒抽一口氣的聲音響起，他的手抱住了往後仰的利元的頭。

耳邊似乎能聽到粗重的呼吸聲，利元的臉頰感受到溫暖的體溫，努力睜開眼睛。凱撒正抱著自己，利元感覺脈搏在快速跳動，就像在跑馬拉松一樣，他的心臟也劇烈地跳著。

「天啊，我還以為你會腦震盪。」

凱撒說話了，不過利元沒有打算一直讓他抱著，他咬著嘴唇，再次推開他。

「放開。」

「你到底要去哪裡？聽話一點。」

凱撒不耐煩地說道。即使因暈眩，感覺整個腦袋都在搖晃，利元還是無奈地苦笑。說的也是，你做的事情都有理由，都很理所當然。

你肯定連我為何生氣都無法理解吧。

利元用盡全身的力氣推開凱撒的肩膀，好不容易從他身上離開，就這樣被推開的凱撒用不知所措的表情看著利元，就像是不懂他為什麼要這樣。

不過利元真的非常生氣，他努力撐住立刻就要倒下的身體，站了起來，無力的雙腳好像就快斷了一般。利元咬著牙，忍耐著踏出一步。凱撒見他一瞬間搖晃起來，急忙伸出手，但利元犀利地打掉他的手，驚訝的凱撒看到利元用可怕的眼神瞪著自己。

「我可以……自己走。」

「你連站都站不穩了，不要逞強。」

利元再次甩開凱撒伸出的手，有別於熊熊燃燒的通紅雙眼，他用跟平常一樣的冷靜聲音開口道。

「夠……了沒？」

從緊咬的牙縫中，利元吃力地接著說。

「你已經、都利用完了，還有……什麼要利用的嗎？」

凱撒的表情僵住了，不過利元只是用冰冷的視線瞪了他後，再次轉過頭去。凱撒呆呆看著利元搖搖晃晃地緩慢拖著腳步向前，開口道。

「只是因為在那個情況下，你是最適合的而已。」

利元往後瞄了一眼，嘴角勾起輕蔑的微笑。

「對啊，反正……對你而言，別人的存在、都只不過……是個棋子而已。」

凱撒的表情變得僵硬，利元收回視線，再次看向前方。他會感到生氣，不只是因為凱撒利用了自己，反正他已經知道他是那種人了，他是氣自己明明知道，卻為了他煩心。我真的是瘋了。利元喘著粗氣，好不容易踏出一步。

就在那時，他聽到後方傳來腳步聲，在快速奔來的腳步聲之後，長長的手臂緊接著伸到他面前，粗暴地抱住他的腰。利元驚訝得還來不及喘口氣，凱撒就從背後抱住了利元。

「……不是這樣的。」

凱撒的聲音混濁不清，他粗重的喘息呼在利元的後頸上。面對突如其來的情況，利元嚇得眨著眼睛，凱撒將下巴放在利元的肩膀上，開口道。

「我……不是那麼想的。」

唯有你。

嘆息般顫抖的聲音在耳邊響起，利元輕輕咬了一下嘴唇又鬆開。利元慢慢移動視線時，凱撒抬起了頭。乾枯的銀灰色眼眸散發著黯淡的光芒，凝視著利元。利元勉強撐住隨時會遠去的意識，面對著他。凱撒慢慢開口。

「那個……」

好不容易說出話，凱撒卻閉上了嘴。利元靜靜看著凱撒像是從身體深處用盡全力擠出來話來，又咬住嘴唇凝視著利元。被利用的人明明是利元，反而是凱撒露出受傷的神情。利元一直看著他蒼白的臉。

像個傻瓜一樣。

利元心想。

所以說，打從一開始就不要做會讓自己後悔的事情啊。

一直努力撐著的雙腿突然變得無力，利元聽到凱撒驚訝的高喊，立刻陷入黑暗中。

ඉ ඉ ඉ

寂靜的房間內持續傳來酣睡的呼吸聲。凱撒出神地看著被下藥後，像個孩子般熟睡的利元，突然很想撫摸他，於是靜靜伸出手，撥開散落在他額頭上的頭髮。那時利元恰好皺了皺眉頭，就像是不耐煩地說著不要摸。凱撒不自覺地笑了一下，就在這時。

咚咚。

敲門聲傳來，凱撒轉過頭去，聽到門外男人的聲音響起。

「沙皇，我有事情要向您稟報。」

聽到機械化的聲音，凱撒靜靜看著利元的臉，等待著的男人再次開口。

「沙皇，請問我可以進去嗎？」

他的聲音聽起來有點緊張和顫抖，凱撒用不太開心的表情，將手從利元的額頭上拿開。

「等一下。」

凱撒簡短地應答後，為了不讓男人再次催促自己，轉身走出房間。

關上門的瞬間，凱撒的臉如面具般，笑容完全消失。看到他完全沒有表情的臉，手下急忙彎下腰時，凱撒問道。

「你要報告什麼？」

手下表情僵硬地回答。

「已經依照您的命令處理乾淨了，請問屍體該怎麼處理？」

聽到手下提問，凱撒一如往常地用冷漠的聲音說道。

「砍下來當作禮物送給杜切夫和其他傢伙，別忘了附上卡片。」

「請問內容要寫什麼呢？」

男人再次提問，凱撒的嘴角便泛起冷笑。他對一瞬間打了個寒顫的組織成員說道。

「就寫說『沒帶走的東西還給你』。」

組織成員用機械化的語氣回答。

「我知道了。」

等組織成員離開後，凱撒再次轉身回到房間，當熟睡的利元映入他的眼簾時，臉上又露出天真的笑容。

聽到輕輕敲門的聲音，利元從睡夢中醒來，眨著呆滯的眼睛躺著，過不久門打開了，一個陌生男人走進來行禮。

「您起來了嗎？馬上就是早餐時間了，浴室在右手邊，換洗衣物已經放在裡面了，請您換好衣服就下樓吧。」

利元看著男人說完就離開的背影，用搞不清楚狀況的表情慢慢坐了起來，他不只是第一次見到這個男人，對臥房也很陌生，可能是凱撒在自己昏倒後，把他帶到這裡的。

這個房間比自己之前住的客房大上兩倍，裡面放滿了各種藝術品和復古家具。除了一看就知道有百年以上歷史的古老家具和古董，床上還吊掛著優雅的大床帳。利元從之前開始就覺得這間宅邸太奢華了，這一定是屋主的喜好，接著，幾天前的事情浮上心頭。

隨著慢慢恢復的記憶，利元皺起了眉頭。

竟然那麼輕易就被騙了。

他真的很氣自己毫無戒心地喝下對方遞過來的茶，結果變成這個樣子，為什麼沒懷疑那個男人呢？仔細想想，可疑的地方也不只一、兩個，自己竟然被騙五歲小孩的伎倆騙倒，真是個笨蛋！利元咬著牙，不斷咒罵自己。

來到黑手黨的大本營卻完全沒有戒心，這是自己的錯，再加上被下藥，顯露出那種醜態，不只是被凱撒抱來這裡，還在他面前跌倒、說話結結巴巴……當利元想起所有的記憶，忍不住用力捶了一下床，即使如此，也只發出了打在棉花上的空虛聲音。他不知為何變得更加煩躁，從床上站起身來走向浴室。

利元的衣服已經洗好，整齊地放在寬闊的浴室裡，他突然想起那是之前那個管家的工作，那麼剛剛那個男人是新來的管家嗎？之前的管家怎麼樣了？

他洗澡的時候，思緒變得越來越複雜。凱撒是從何時開始發現管家的行為不對勁的呢？想到這裡，凱撒把自己當成誘餌的不悅再次浮現，他快速走出浴室，氣憤且粗暴地擦著頭髮，穿上衣服。

沒有一件事是順心的，其中最糟糕的就是這一切都源自於自己的不注意，等於是自作自受。利元一臉煩燥地走出房間。

一走進餐廳，熟悉的淺金色頭髮就映入眼簾，凱撒聽到腳步聲回過頭，兩人對到視線。

「快坐下，睡得好嗎？」

出乎意料的，凱撒在短暫的沉默後才打招呼，微笑的表情和口氣都跟平時一樣，但利元沒有錯過他沉默的剎那。利元轉過頭不理他，用「我還在生氣，不要跟我說話」的表情走向自己的位子。凱撒似乎也察覺到了，他不同於平時，沒有再開口聊天。

靜靜坐著的時候，剛剛來叫他起床的新管家走過來，在利元面前放下盤子。利元再次留意周圍，果然沒有看到前管家的身影。

「怎麼了嗎？」

凱撒問道，管家剛好拿走空籃子，端來了新的麵包，利元用不甘願的視線看著他開口。

「之前的管家怎麼樣了？」

「我把他開除了。」

利元的話還沒說完，凱撒就回答了。

「開除？」

不會這樣就完了吧？只是為了要開除他，就把我推入那種陷阱之中？對於半信半疑的利元，凱撒露出奇妙的微笑。

「因為他的呼吸聲太刺耳了。」

利元不禁皺起眉頭，他突然想起凱撒之前說過的話。

——我已經處理好了。

「不要有所隱瞞，告訴我，他怎麼樣了？我認為我有知道的權利。」

利元用犀利的聲音說道，凱撒訝異地看著他，而利元繼續說了下去。

「那個男人在找什麼？跟官司有關嗎？我是律師，我必須了解一切。難道他是跟茲達諾夫議員有關的人？」

瞬間閃過的想法讓利元一起追問道，凱撒沉默地聽著利元急躁地提問。

「確實有點關聯。」

凱撒慢慢開口。

「但你不需要知道。」

「那就別想要打贏官司了。」

利元冷冷地說。

「委託人有所隱瞞的話，是不可能打贏官司的。再說你好像忘了，我在你的案子之前就在幫尼可萊叔叔進行辯護了，一切以他為優先。萬一有任何對尼可萊叔叔的案子不利的狀況發生，我就會立刻罷手。」

做完最後的宣言，餐廳內瞬間陷入一片靜默。圍繞著餐廳的男人們屏息看著他們兩人，沉默了好一段時間的凱撒凝視著利元，慢慢開口。

「那麼好不容易找到的證人也沒用了呢。」

「你說什麼？」

聽到意外的話，利元不禁開口提問。凱撒露出淺淺的微笑，回答道。

「還記得嗎？關於茲達諾夫和貝爾達耶夫聯手占地那件事。」

無數話語在利元的腦海閃過，凱撒看到利元皺著眉、嚴肅地看著自己，悠閒地開口。

「我找到你說的那個借名人頭了。」

利元的眼睛瞬間變得閃閃發亮，凱撒笑了一下接口道。

「如果見得到面的話。」

6 6 6

這棟小巧雅致的別墅位於郊外，像是厭倦都市的人為了遠離塵囂會造訪的地方，其警備卻森嚴得與這樣閑靜的鄉下格格不入。自從買下別墅的人住進來後，就有很多穿西裝的陌生男人在周圍來回走動，村民會一邊偷看他們，一邊竊竊私語，但是沒有人有勇氣去查明他們的身分。

一定是黑手黨。

大家都議論紛紛，即使不隱瞞，任誰也都能看出他們的身分，只是沒有明說而已。村民們都盡可能地遠離別墅，所有人都知道要前往市區，走別墅前面那條路是最近的，但大家都會繞遠路。多虧如此，別墅周圍根本看不到陌生人，非常寂靜。

米哈伊・羅莫諾索夫坐在舒適的扶手椅上，看著窗外，眼前的風景千篇一律都是守衛的組織成員，連一隻小狗都看不到。他為了療養，離開市區已經快兩個月了，春天越來越近了，但米哈伊恢復健康的日子還遙遙無期。

我活得太久了。

米哈伊心想。他和死對頭賽格耶夫派的首領薩沙同年，但最近總覺得自己比薩沙更老一點，那跟有沒有生病無關，差異可能在於可依靠之人的有無。他忽然用模糊的眼睛望向遠方。

好懷念啊……

當他回想起埋藏在朦朧記憶中的往事時，從遠處駛來的黑色轎車突然映入眼簾。米哈伊一動也不動地坐著，看著轎車靠近，是他的親信雷普來了。

「羅莫諾索夫先生，這段時間您別來無恙？」

深深彎下腰表示敬意的男人抬起頭來，看到米哈伊瘦削的臉。雷普真的很替他擔心，二十多歲就繼承組織的米哈伊沒有小孩，即使手下們多次勸他結婚，他卻一直保持單身。

雖然坊間有傳聞說他有隱藏的妻子，但沒有一個女人來找過他。

米哈伊尚且硬朗的時候，這件事並不算是個大問題，不過現在不一樣了。雷普看著不到兩個月就像是老了十年的米哈伊，只能感到不安。

「您瘦了好多，有好好用餐嗎？」

聽到親信擔憂的提問，米哈伊點點頭。

「我沒事，謝謝你擔心我。」

他的聲音一如往常得平靜，但雷普依然感到忐忑不安。如果這個男人消失了，組織就會瓦解，作為比任何人都要強大的獅子，米哈伊・羅莫諾索夫無論如何都必須健在。

也許是他把擔憂寫在了臉上，米哈伊靜靜地開口。

「我還很健康，你別用這麼凝重的表情看著我。」

「對、對不起。」

看到雷普慌忙道歉，米哈伊改變了話題。

「所以，你今天為什麼會來找我？是弗拉迪米得犯了什麼錯嗎？」

雷普聽到暫時代替米哈伊管理組織的副首領名字，急忙搖搖頭。

「不是這樣的，弗拉迪米得表現得很好，只是……羅莫諾索夫先生，我們都很期待您早日康復，回來再次引領我們，弗拉迪米得當然也抱有同樣的心情。」

米哈伊彷彿了解一切似的露出淺淺的微笑，雷普調整呼吸後接著說道。

「我今天是來報告這段期間發生的事，賽格耶夫那邊的動靜有點不尋常。」

雷普開門見山地切入重點。

「他們除掉貝爾達耶夫市長還不夠，甚至還覬覦市長的遺產，事情似乎頗有進展，我們正在觀察，不過要是有個萬一就會出手。」

到那時為止都平穩靠在椅子上的米哈伊，雙眼猛地燃起火花。雷普嚇得縮了縮肩膀，再次對米哈伊的威嚴感到佩服。

「是誰？竟敢覬覦羅莫諾索夫的地盤？是他的兒子嗎？」

「是的，就是沙皇。」

雷普立刻回答。

「我們正在觀察他，如果有機會就會馬上對他造成威脅。」

「他那個兒子……」

米哈伊瞇著眼睛自言自語似的呢喃。

凱撒．賽格耶夫。

米哈伊想起薩沙那彷彿全身散發著光芒的兒子，他打從骨子裡就是個黑手黨。

沒血沒淚的怪物。

竟然能打造出那種怪物。

米哈伊的心情馬上變得有些苦澀，也是，我們也都是怪物。

「你繼續說。」

依照米哈伊的指示，雷普急忙接著說道。

「如果是暗地挑釁，我們多少還能應對，但他走的是法律途徑。他明知道貝爾達耶夫的一切是屬於我們組織的，這很明顯是挑釁。」

雷普的聲音藏不住激動，說得越來越快，米哈伊一臉嚴肅地皺著眉頭。當初除掉貝爾達耶夫時，就已經等於在對羅莫諾索夫下戰帖了，但這樣還不夠，竟然還想要跟我正面對抗。

米哈伊放在扶手上的手漸漸用力，雷普緊張地看著他以怨恨找回鬥志。

「這是到目前為止的調查內容，雖然沒有多少……」

米哈伊接下手下匆忙遞出的檔案夾後，皺起眉頭。

「怎麼只有這些？」

薄薄檔案夾內資料毫無疑問地非常缺乏，雷普慌張地回答。

「因為那該死的賽格耶夫沒有找組織的顧問，而是委託外來的律師。再加上所有調查和準備都在他的宅邸內進行，很難取得情報。」

「那把律師抓來不就好了？」

聽到米哈伊犀利的聲音，雷普手足無措地說道。

「那個、他住在沙皇家裡進行工作，如果不直接闖進去，是不可能把律師抓回來的。」

粗魯的辱罵從米哈伊嘴裡傳出，雷普提心吊膽地觀察著他的臉色。米哈伊不再說話，一臉凶狠地打開檔案夾，快速翻過幾張資料，他似乎只是隨意瀏覽著，但不久後，他的視線突然停住。

那裡有一張照片，上面其中一人是他熟悉的薩沙的兒子凱撒，不過米哈伊的焦點不是他，而是一起被拍到的另一個男人。雷普瞄到米哈伊的視線固定住的地方，急忙開口。

「啊，就是這傢伙，他就是沙皇親自挑選的律師。我們跟蹤了很久，幾天前好不容易才拍到一張。」

米哈伊仔細觀察著他和凱撒並排站在書店櫃檯前的樣子。

不會吧？怎麼可能？

「他看起來不是純俄羅斯人，是混血兒嗎？」

米哈伊用沒有情緒的聲音問道，然後假裝在看文件般，低下頭來遮住表情。雷普對著米哈伊點點頭。

「對，好像是韓國混血，聽說他來自韓國……叫做鄭、鄭……」

雷普很快露出為難的表情。

「這裡有寫著，他的姓很難發音……」

雷普說聲抱歉後，親自打開文件，把有關利元的記錄翻給米哈伊看。米哈伊慢慢掃過文字的視線停住了，他開口道。

「他的經歷還滿特別的。」

「聽說他來俄羅斯七年了，能力相當不錯，我們擔心他會變成絆腳石，正在監視他。」

「是嗎。」

米哈伊沉默了一會，若無其事地把檔案夾闔上，然而接下來發生的事十分令人驚訝。

「我休息太久了，差不多該離開了。」

「咦？您是指要去哪裡？」

看到男人突然站起來的修長身影，雷普不禁驚訝地詢問道。雖然最近因生病消瘦了不少，但米哈伊依然挺直身體，以端正的姿態俯視著雷普說道。剎那間，雷普戰慄不已。原本失去元氣坐著的虛弱老人已不復存在，昔日的獅子就站在眼前。

「當然是回到組織裡。」

雷普的眼睛瞪得老大，他慌張地匆忙問道。

「回去嗎？您是指現在？」

喜悅和不安在雷普心中交織。想要邁開腳步的米哈伊搖晃了一下，雷普急忙扶住他。

「羅莫諾索夫先生，真的沒關係嗎？要不要再療養一下……」

然而，米哈伊用手指著某個方向代替回答，雷普小心翼翼地從米哈伊身邊離開，急忙拿著拐杖回來。米哈伊拄著拐杖，挺直了腰桿。

「我可不能放任賽格耶夫的接班人為所欲為。」

雷普站在他身後，感覺好久沒看到如此耀眼的光芒了，心臟跳得飛快，他是多麼期待這一天的到來。

「遵命，我這就去做準備。」

獅子終於回歸了。

第13章

遠離本島的外島不停颳著刺骨的冷風，利元拚命把身體縮在外套裡，小跑步地出了機場，他很想快點到溫暖的飯店裡休息，不，去小咖啡店也好，不對，只要有個小火堆……

「比想像中溫暖呢。」

火上加油的聲音從後方傳來，利元轉過頭，看到凱撒身上包裹著華麗的毛皮大衣。他披著一身動物的毛，當然會覺得熱啊。利元咬牙瞪著他，他晚上最好做個被浣熊咬的夢。用全身迎接甚至可以澆熄百年之戀的寒流，利元急忙找尋著計程車，幸好不遠處就停著一臺。他不看凱撒一眼，立刻朝著計程車跑去，司機聽到急忙上車的利元說出目的地，露出訝異的表情。

「那個小村莊裡什麼都沒有，去那裡做什麼？」

跟在利元身後的凱撒剛好坐上車，司機看到穿著細條紋黑西裝，披著華麗斑馬紋毛皮大衣的凱撒，瞪大了眼睛。利元看到他根本不想發動引擎，一直盯著凱撒看，急忙開口。

「請快點出發，我們趕時間……」

「你是不是藝人啊？」

司機不理會利元的話，用粗俗的口氣向凱撒問道。隔著深色的墨鏡，凱撒沉默地看著他，這時司機竟然拍著手開心叫好。

「對啦！我就想說有在報紙上看過你～哎喲，我住在這種鄉下，竟然還能見到藝人～哎呀，我出運啦！」

利元看著坐在駕駛座上跺腳歡呼的純樸大叔，感覺臉上都沒了血色。如果他不只是照片，連報導內容都記得的話，就絕對說不出那種話了。不過司機依然不看臉色地開心搭話道。

「您這～麼有名的人怎麼會來這種小村莊？是來拍戲的嗎？」

司機興奮地環顧四周，利元突然看到凱撒皺起眉頭。他正要開口，慌張的利元急忙攔住了他。

「我們只是來度假的，抱歉，可以請你快一點嗎？我們趕時間……」

司機露出失望的神情，接著立刻把注意力放回凱撒身上。

「知道了，我會開得跟子彈一樣快。不過下車時可以幫我簽名嗎？因為我這輩子第一次遇到藝人，我會當作傳家寶好好保存的，也不會收你的車費。那就這麼說定了！」

不等他們回答就擅自作主的司機興沖沖地出發了，利元在溫暖的車內，因寒冷以外的事物體驗到身體凍結的感覺，而車窗外厚厚的積雪，岌岌可危地被堆在路旁。

ଠ ଠ ଠ

這趟旅程是在兩天前突然決定的。早上利元在餐桌聽到期待已久的消息時，腦袋複雜地糾結在一起。凱撒淺淺笑著望向利元，要他從證人和管家中選一個。

這麼一來不管管家變得怎麼樣、發生了什麼事，都不能再過問了，但是證人真的是不能錯過的誘餌。

如果好好解決了這件事，尼可萊大叔的官司也就……！

利元咬住嘴唇，他等待已久的機會現在終於來了，絕對不能放棄。他在膝蓋上握緊拳頭又放鬆，做了個深呼吸，再次朝向凱撒的視線裡帶著沒有澄清的疑惑。

「那個管家的事跟官司沒關係吧？」

利元心想就算有，也希望他可以否認。看到利元一臉嚴肅地凝視自己，凱撒回答。

「完全無關。」

「那就行了。」

利元趁自己改變心意前，匆匆咬住誘餌。

「你是怎麼找到借名人頭的？和前市長是什麼關係？跟茲達諾夫議員有關係嗎？」

聽到利元立刻轉移話題，連珠炮似的詢問，凱撒露出「我就知道會這樣」的淡笑。

「只要把手下全部放出去，就沒有什麼是找不到的。」

總覺得有點毛骨悚然。凱撒看到利元不發一語，繼續說道。

「他曾向貝爾達耶夫前市長借過錢。」

「所以……」

利元隱約感覺腦海中的拼圖已經拼湊好了，做完選擇之後，接下來就能決定地很快。他要立刻和那個人見面，取得情報，找出證據。必要的話，就說服他作為證人出庭吧。大概花三天左右就夠了，回來之後再重新檢查尼可萊大叔的官司……

時間不多了，工作時必須以秒為單位把一整天細分。利元在腦海中快速安排好行程，轉頭看向凱撒。凱撒正沉默地看著他。

「你的情報是正確的嗎？」

「那當然。」

凱撒簡單回答，接著問道。

「你要親自去嗎？」

利元用力點點頭。

「那當然，我現在就要去。」

利元回答完，等著凱撒把資料交給他，就算要橫跨整個大陸他都要去。不過凱撒只是凝視著利元，什麼話都沒說。

「我也可以叫手下把他抓過來。」

凱撒從容的語氣讓利元皺起了眉頭。

「你不是想要合法地處理嗎？威脅取得的證詞最後還是會無效。你想怎樣我是不曉得，但他對我的官司而言很重要，絕不能浪費好不容易找到的證人。」

聽到利元一口拒絕，凱撒又不說話了。利元看到他端正的眉頭少見地皺了起來，不禁訝異地眨眨眼。

「沒辦法。」

聽到凱撒終於說話，利元正要開口告辭，凱撒卻搶先說道。

「我要一起去。」

那瞬間，利元的下巴都要掉了下來，他一臉慌張地眨著眼睛，凱撒繼續緩緩接口。

「我雖然很忙，但兩天左右還是空得出來，要明天立刻出發嗎？」

「你幹嘛要一起去？」

利元用質問的口氣打斷凱撒的話，凱撒優雅地喝著茶，若無其事地回答。

「我是提供情報的人，我當然有這個權利。」

利元想起跟著自己的凱撒，以及追隨其後的黑西裝軍團，立刻果斷地拒絕道。

「老實說，你只會礙事。」

凱撒皺起眉頭，而利元繼續說道。

「給我地址，讓我一個人去，你調查過他的底細了吧？把所有資料都交出來。」

看到利元伸出一隻手，揮舞著催促道，凱撒說話了。

「不要。」

「你說什麼？」

他怎麼突然像小孩子一樣耍任性？利元一皺眉，凱撒就繼續說道。

「我不去，那你也不能去，我不打算把情報交給你，如果想去見那個男人，就必須跟我一起去。」

利元的表情變得扭曲，真想知道他這蠻不講理的想法是從哪來的，這男人從頭到尾都很任性。利元突然想起之前被他利用的事，額角爆出青筋，內心的怒火爆發開來。

「我不想和你還有你的部下像狼群一樣一起行動！」

利元的大吼在四周響起。糟糕了！當利元回過神來時已經太遲了。安靜的餐廳內到處都是凱撒的手下，他氣憤的吼聲在裡面迴響，隱隱約約的回音消失時，凱撒開口道。

「那麼……」

利元不知為何有種不祥的預感，凱撒接著說。

「我一個人去就可以嗎？」

「什麼？」

隨著利元回問的聲音，組織成員也一致看向凱撒。在組織成員和利元僵硬的表情面前，凱撒慢慢說道。

「那就這樣吧。」

利元看著他微笑的臉，又說不出話來了。

୭ ୭ ୭

唉。

想到之前的事情，利元不禁嘆了口氣。他在進退兩難的情況下，不得已只好讓凱撒同行，而他的條件只有三個。

第一、絕對不能帶槍。

第二、手下絕對不能同行。

第三、絕對不能看起來像黑手黨。

直到出發之前，利元都感到很不安，但凱撒意外地遵守了條件。他擔心的機場安檢也順利通過了，根本沒看到手下的影子，而且看起來真的不像是黑手黨。

但問題在於，他看起來像個藝人。

利元偷瞄著凱撒戴著深色墨鏡的側臉，其實最簡單的條件應該是這個。只要手下沒有跟在身旁，這個男人看起來根本不像黑手黨。證據就是從機場來到這裡的路途中，沒有任何人懷疑他的身分，任誰來看都會覺得他像個成功的企業家，或是模特兒、演員，甚至是某個小國的貴族。

連深知他是個沒血沒淚的典型黑手黨的利元，此刻也在懷疑這個事實。

凱撒沉思般地一直看著窗外，利元將視線固定在他的側臉上，心想這個男人的臉真是罪惡。他可以若無其事地對人開槍，卻擁有天使般的臉孔。利元明明知道，卻無法移開視線，不知不覺地看著凱撒的側臉看到出神。

抵達目的地的村莊時，天色已經變得有點昏暗了，雖然還是下午，但太陽已經急著準備下山。這裡的日落時間比本島更早，讓利元加緊了腳步，他想辦法說服想要簽名的司機，付了車資之後終於有餘力看看村莊的景色。

他立刻理解了司機的話，這裡最多只有不到二十間的老舊房屋，有幾間已經亮起了燈。房子和房子之間相隔很遠，空曠到即使鄰居發出慘叫，隔壁可能也聽不到。在離村子不遠的地方，黑色的海浪隨著浪濤聲拍打著，村子後方則是冰凍的小山。

剛好下工回到村莊的幾個村民雙手拿著裝魚的鐵桶走過來。村民異樣的眼光讓利元尷尬地微笑著，不過他們依然用覺得可疑的表情偷看利元和凱撒，沉默地從他們旁邊經過。

這個小島大部分的村民都從事漁業，因此外地人大多都只是來釣魚的。而他們兩個怎麼看都不像釣客，村民們才會用懷疑的視線盯著他們。利元將視線從遠去的背影上轉向凱撒。

「我們要住哪裡？」

凱撒瞥向一個地方，村子的另一頭有小巧的招牌在閃閃發亮，就算環顧四周，可以住宿的地方也只有那裡。利元從小小的旅館上移開視線，這次看向凱撒，用華麗毛皮大衣包裹住全身的他，跟這個小村莊完全不搭調。利元皺著眉頭轉過身去。

他到底是來觀光，還是來工作的？

當利元打開旅館門，想著自己明明有跟他說過不要那麼高調時，看到身後有另一個男人的身影跟了進來。身高和利元差不多，身材適中，有著溫柔印象的男人雙手拿著很多行李。凱撒瞥了他一眼，利元打開門先讓他進去，戴著紳士帽的男人點頭示意後就進去了。利元接著走進來，小巧卻乾淨的旅館大廳映入眼簾。

主要客源是釣客的旅館與其相應，牆上掛滿了釣到大魚的客人照片，或是跟釣魚相關的裝飾。薄薄的地毯雖然老舊，但幾乎沒有灰塵，壁爐裡燃燒著足夠的柴火，感覺可以撫慰寒冷疲憊的身心，再加上大廳一角還有租借、販售釣魚用品的地方。利元看到積極運用著小小空間，細心打造的旅館內部，不禁在內心讚嘆。

「可以給我一間房間嗎？」

在門口遇到的男人聲音跟他的長相一樣，令人感到放鬆，他正站在櫃檯辦理入住。當利元走向櫃檯，男人剛好轉過頭，兩人對到視線，男人便露出微笑。

細長的眼睛看起來和藹可親，利元回以笑容，將皺著臉的凱撒拋在身後，走向旁邊的空櫃檯。他按鈴等待其他服務員出來時，老闆拿出厚厚的旅客登記簿，向前面的客人問道。

「您是一個人入住嗎？」

「對，沒錯。」

男人點點頭時，主人嚇了一跳似的掃視他放在地上的行李。

「您的行李真多，裡面到底裝了什麼？」

老闆偷瞄著以一個人來說多到令人難以置信的行李，感到神奇地說道。男人一邊填寫資料一邊回答。

「我的興趣是釣魚，所以有很多用具。有些人認為釣魚只是用來打發時間的愚蠢行為，這真是太不像話了。一旦愛上釣魚，就絕對無法自拔。我今天出門時，老婆還生氣地問我要選釣魚，還是要選她呢！」

老闆哈哈大笑地說道。

「沒錯，只要愛上釣魚就完蛋了，被離婚了也沒辦法。」

「而且裝備真的很貴……可是不管買了多少都還是再想買。」

「所以又會被念。」

「簡直是惡性循環。」

兩個人又一起大笑出聲，剛好老闆娘從裡面走出來，看到正在等待的利元。當兩人對到視線，她睜大眼睛親切地說道。

「哎呀，抱歉讓您久等了，歡迎光臨。」

她說著遲來的招呼之詞，露出了微笑。利元看到她害羞的笑容，也溫柔地笑了，於是老闆娘露出更開朗的笑容，正要開口時，隔壁的老闆說話了。

「啊，是，雷歐尼得先生，這樣就可以了。老婆，登記簿在這裡。」

老闆娘用有些冷淡的眼神看著老闆把她等著用的東西遞過來。她馬上打開空白頁，把筆遞給利元。

「一個房間就可以了嗎？」

「不，請給我兩間單人房。」

利元說完，瞄了一下後方。老闆娘不經意地跟著轉過視線，立刻瞪大眼睛，凱撒站在大廳中央盯著她看，老闆娘的表情變得更加燦爛了。

「喔，原來如此，您和那位是一起的嗎？」

「……嗯……對。」

聽到利元不明確的尷尬回答，老闆娘好不容易從凱撒身上移開視線，這次朝著利元露出困擾的眼神。

「該怎麼辦？現在只剩下一個房間了。」

「什麼？」

利元瞬間皺起眉頭，不過老闆娘依然用溫暖的眼神看著他。

「原本剛好剩下兩間，但剛剛那一位先入住了……不過幸好剩下的房間是雙人房。」

她似乎想讓利元安心，露出了微笑，但利元根本笑不出來。

「只有一個房間？真的嗎？」

聽到利元焦急地詢問，老闆娘為難地笑著眨了眨眼睛。

「對……真的很抱歉……」

利元差點忍不住發出呻吟，現在是要我跟那個男人住同一間房間嗎?!

「因為有兩張床……」

「不好意思，請問附近還有其他間旅館嗎？」

利元急忙打斷她的話，老闆娘立刻露出愧疚的表情。

「沒有，旅館只有我們這一家。」

這次利元真的呻吟出聲，腦袋裡各種想法奔馳交織。跟那個男人？單獨用一間房間？

在專心思考的利元身後，凱撒說話了。

「要住同一間房間我也無所謂喔。」

利元飛快地轉過頭去，面對露出微妙笑容的凱撒。

「還是你會怕我？」

利元的眼睛發出銳利的光芒，他馬上再次看向老闆娘。

「請給我那個房間。」

「哎呀，您的選擇真明智。」

老闆娘露出開朗的笑容拿出了鑰匙，剛好辦理好入住手續的老闆走出櫃檯說話了。

「雷歐尼得先生，我帶您去房間，我來幫您提行李吧。」

「謝謝，那這個就拜託你了……」

老闆從許多行李中接過其中一個，走在前面，雷歐尼得拿著其他行李跟在後頭。

凱撒出神地看著雷歐尼得，他的腳步聲被薄地毯完全吸收，安靜地與凱撒擦肩而過。

寫著登記簿的利元剛好開口。

「這附近好像沒幾戶人家，您應該認識大部分的人吧？」

凱撒靜靜注視著沒走幾步就來到電梯前方的雷歐尼得。老闆娘爽快地點點頭。

「當然認識了，我們村子的人大家都互相認識的。」

老闆娘的臉上充滿了好奇心，好像想問他為什麼要這樣問。利元慎重地繼續說。

「其實我是來找人的……請問您認識叫做巴西利·希斯金的男人嗎？聽說他住在這個

地址。」

老闆娘看過利元遞給她的紙條後，歪了一下頭，立刻回答。

「這個嗎，住在這裡的人不是叫這個名字哎……你是不是找錯人了？」

利元不慌不忙地再次冷靜問道。

「那住在那裡的人是本地人嗎？他是不是從外地搬過來的？」

老闆娘這次點點頭。

「這倒是沒錯，他是在三、四年前搬來的。其實他幾乎不太和村民往來，所以我不是很清楚……也沒有人來找過他，他總是一個人。」

瞬間，利元的眼神散發出銳利的光芒。電梯門剛好打開了，雷歐尼得走了進去。老闆按下關閉按鈕，他轉身正面看向前方。

那剎那，雷歐尼得和一直盯著自己的凱撒對到了視線，電梯門關上時，凱撒看到他朝著自己露出燦爛的笑容，瞬間皺起了眉頭。

接著電梯門關上了，凱撒凝視了雷歐尼得搭上的電梯好一陣子，終於轉過頭來，然後就這麼僵住了。

「那這個地址在哪裡呢？」

聽到利元詢問，老闆娘似乎慌了一下，但她立刻告知了方向。

「走出去後，右手邊第四間有紅色屋頂的房子就是了。」

利元隨著她的手勢轉過頭。

這時，凱撒冰冷僵硬的臉突然映入眼簾，他不發一語、僵直站著的身姿，讓利元訝異地將視線下移。

凱撒的腳邊站著一個小女孩，她正吸吮著手指，另一隻手握住毛皮大衣長長的絨毛。利元看到後，跟凱撒一樣僵住了。凱撒慢慢地握起拳頭，堅硬的手指骨節立刻顯現出來。

那一瞬間，利元看到了，凱撒用冷硬的表情凶狠地瞪著小孩，目光冷血。過去的事情突然在腦海裡浮現，讓利元反射性地想要把小孩分開，這時老闆娘笑著開口。

「哎喲，卡特亞，妳在做什麼？不可以。」

老闆娘繞過櫃檯，向小孩勸道。

「來，卡特亞，不可以這樣對客人，很抱歉，小孩子還不懂事。」

老闆娘露出牙齦燦爛地笑著，凱撒卻沒有笑。老闆娘臉上浮現尷尬的笑容，急忙想要把孩子拉開，把小小的身軀一把抱起，小孩卻突然伸出雙手緊緊抓住毛皮大衣，就這樣把衣角提了上來，老闆娘頓時驚慌失措，搖晃著孩子。

「這孩子是怎麼了？卡特亞，乖，快點把手放開。」

老闆娘一直搖晃小孩催促她放手，但她在晃動中依然緊緊抓著毛皮大衣。

「對不起，小朋友還很小……請您體諒。」

老闆娘慌張地苦笑著，但利元的視線並不在孩子身上，他出神地看著凱撒。不同於利元瞬間浮現的緊張念頭，凱撒沒有對孩子施以任何威脅，沒有碰她一根手指頭，只是低頭看著。

不過他可是睡到一半也能拔槍的男人，他怎麼只是一臉蒼白地緊握拳頭，低頭看著孩子而已呢？利元看到他和上次完全不同的反應，不得不感到非常奇怪。

他不禁歪了歪頭，這時小孩嘿嘿笑著抬頭看向凱撒，可是與孩子面對面的凱撒完全沒有笑容。這瞬間，孩子看到凱撒用冷酷的表情眼神可怖地瞪著自己，嚇得睜圓了眼睛。

「嗚哇～」

孩子突然哭了出來，老闆娘開始不知所措地哄著孩子，哭聲卻越來越大，利元見狀急忙插進他們中間。

「謝謝，我先付錢好了。等我們回來後，再麻煩您帶我們去房間吧。」

他急忙拿出現金，支付完住宿費後立刻轉身，想要勉強把小孩拉開的老闆娘嚇得瞪大眼睛，但利元已經拉著凱撒的手臂出去了。小孩抓著大衣的手終於鬆開，但還是哭個不停。

6 6 6

一走出旅館就有刺骨的寒風吹來，凱撒在因寒冷而瞬間凍僵的利元身後說道。

「你很積極呢，就那麼跟我獨處嗎？」

利元立刻把抓著的手臂甩開，而凱撒只是若無其事地笑著。外面的天色已經有點暗了，太陽很快就會完全下山。凱撒瞄了陰沉的天空一眼，馬上抱怨道。

「這麼晚了，在房間休息比較好吧？」

「你以為我是因為誰才出來的啊?!」

連房間都沒能參觀就跑出來的利元立刻開罵。沒辦法，反正行程也很短。利元不耐煩地皺著眉頭加快腳步，凱撒立刻跟上來說道。

「你確定是那個男人嗎？」

「不會有人躲起來，還用自己的本名生活。」

利元很有把握地說。

「雖然不知道他會換成什麼名字，但一定是假名，我必須現在立刻去確認。」

凱撒默默跟在篤定地快步走著的利元後方，輕易找到了老闆娘告訴他們的房子。利元確認了是右手邊第四個紅色屋頂之後，立刻打開柵欄的門走了進去。

他們尋找的房子跟其他地方一樣，有著歲月的痕跡，他們經過到處都是裂痕的矮牆，來到了點著小燈的門口。利元按下門鈴，不久後有腳步聲從屋內傳來。

「是……請問你是？」

男人一臉疲憊地走出來，輪流看了看利元和凱撒。利元仔細端詳著他的臉，一邊問道。

「打擾了，請問你是巴西利．希斯金先生嗎？」

一瞬間，男人愣住了，雖然只有很短的剎那，但利元沒有錯過。

「你找錯人了，沒有那個人。」

隨著如機關槍般說出的話語，男人立刻把門關上，利元卻抓住了門。男人一臉不滿地拉著無法動彈的門，利元開口道。

「貝爾達耶夫先生已經死了。」

男人的臉立刻變得僵硬，利元對驚訝地說不出話來的他說道。

「我有話要說，還是進去聊吧？」

男人不理會利元溫柔地提議，面如死灰地想要直接關上門。當男人胡亂搖著利元緊抓著不放的門時，凱撒突然從後方伸出手來。希斯金還來不及尖叫，凱撒就掐住了他的脖子，盯著他看。

「進去說吧。」

「咳、咳咳、咳……」

「你在幹嘛啊！」

利元臉色慘白地阻止了他，但凱撒抓著他的脖子，就這樣直接把他推進家中。被掐住脖子的希斯金臉色鐵青，慌張地掙扎著往後退，利元急忙跟在後頭進到裡面。

屋內的擺設很樸素，燃燒的壁爐上放著可愛的蠟燭，牆壁掛著像是親自拍攝的村莊風景照片。當經過以木材做成的笨重餐桌時，利元慌忙問道。

「很抱歉，你沒事吧？」

對於利元遲來的道歉，希斯金一臉慘白地邊咳嗽邊觀察凱撒的臉色。利元看到他用充滿恐懼的眼神偷瞄著凱撒，於是不耐煩地瞪了凱撒一眼，不過凱撒根本不在意似的把大衣脫掉，掛在手臂上環視屋內。兩個高大的男人一進入小小的屋子裡，室內就顯得十分擁擠，凱撒皺眉俯視著希斯金。

「連一張椅子都沒有嗎？」

希斯金急忙拿出幾張小小的椅子，利元表示歉意後坐到椅子上，凱撒也跟著坐到一旁，跟他們的腿長不合的老舊椅子發出「喀噠喀噠」的聲響，讓凱撒立刻皺起了眉頭。利元不理會他，對著希斯金說道。

「稍微冷靜下來了嗎？可以說話了嗎？」

看到希斯金依然喘著粗氣，利元隔了一陣子才開口。

「我們想了解幾件跟貝爾達耶夫前市長有關的事情。我目前正在調查前市長的貪汙行為，也找到了希斯金先生你被牽連的證據。」

希斯金嚇得瞪大了眼睛，他的眼珠在蒼白的臉上不斷轉動。凱撒看到他這副模樣，突然從懷裡掏出某個東西，漫不經心地甩了一下，隨著尖銳的聲音響起，銳利的刀片從折疊刀中彈了出來。利元立刻用可怖的眼神瞪著凱撒，而他則若無其事地把刀子收了起來，不過已經被希斯金看到了，他開始發出驚恐的尖叫聲。

利元抓住匆匆站起來想要逃跑的希斯金，用溫柔的語調說話。

「希斯金先生。」

「請不用擔心，我是律師，我只是來問你幾件事情的，所以請你放心。」

希斯金顫抖地聽著利元有條不紊地解釋，用雙手不斷摸著針織外套上的鈕釦，似乎非常焦慮不安。他好像經常有那樣的習慣，利元瞄了邊緣有磨損痕跡的鈕釦一眼，再次看向希斯金。利元很有耐性地說服畏縮到不太能做出反應的他。

「打官司時你的證詞是必不可少的，你願意成為我們的證人嗎？」

利元說完便露出微笑，但希斯金只是顫抖著瑟縮的身體，沒有回答。

「希斯金先生——」

「巴西利・希斯金。」

利元正要開口時，凱撒用充滿殺氣的冰冷語調搶先說道。

「你想去見貝爾達耶夫嗎？」

你、能、不、能、給、我、閉、嘴?!

利元全身燃燒著可怕的火焰，這時凱撒終於閉上了嘴。利元努力安撫著口吐白沫、不斷喘氣的希斯金。凱撒雖然不再說話了，但他又開始不斷打開又收起折疊刀。希斯金的臉變得僵硬，他連連擺弄著鈕釦，觀察著凱撒的臉色。

「等等……我想喝杯水……」

希斯金用顫抖的聲音說完，搖搖晃晃地站起來。利元只是沉默地看著他，心想暫時給他一點時間思考也不錯，但凱撒卻不是這麼想，他望著希斯金離開的方向，一動也不動。

利元在微妙的緊張感中皺起眉頭的時候，希斯金發出不安的腳步聲，從廚房出來，雙手似乎握著什麼。當利元覺得有點不對勁，不自覺地站起來的瞬間，希斯金用槍指向他。

「不要動……！」

利元就這麼僵住了，凱撒也沒有動作地看著他。利元雖然繃緊了神經，判斷能力卻失了準，他一臉緊張地站起來伸出手。

「希斯金先生，請冷靜，我只是來談事情的，請把槍放下……」

「我不是說不要動了嗎！不要過來！」

面如死灰的希斯金突然扣下扳機，子彈驚險地擦過利元的臉頰，留下火辣辣的感覺，接著傳出子彈打進老舊牆壁的沉重聲音。

他接著看到凱撒動了，不，只是從視野中閃過而已。希斯金因開槍的反作用力縮了一下，那瞬間，凱撒立刻伸手抓住男人的槍，希斯金緊接著就被連人帶槍拖了過去，被凱撒抓住了手臂。

「呃啊！」

手上的槍直接掉到了地上，希斯金的手臂被反扣到背後，接著能聽到骨頭被扭動的聲音，希斯金喊得更大聲了。

「你在幹嘛？快放手！」

利元遲了一步地大喊道。但凱撒沒有停止，只是用如冰河般冰冷的表情俯視著希斯金，手掌用力握緊。令人不快的骨頭歪曲聲響起，利元眼看希斯金的手會被他直接扭斷，尖銳地大叫道。

「他是重要的證人，還不快放手?!」

凱撒停止了動作，骨頭扭曲的聲音也隨之停住。凱撒一放手，男人就一邊呻吟，一邊哭著跌坐在了地上，利元急忙靠過去說道

「我們不是來傷害你的，請冷靜下來聽我說，拜託你了。」

利元鄭重地安慰希斯金時，凱撒把掉落在地上的槍踢了出去，槍在地板上快速旋轉著，滑入笨重的櫥櫃下方。利元安慰啜泣著的希斯金，終於讓他坐到了椅子上。

希斯金好不容易停止哭泣，但依然害怕得不斷發抖。他不停用充斥著恐懼的眼神偷瞄凱撒，利元像是在說「你看吧！」地皺起了眉頭。

但在那之後，不論利元說了什麼，希斯金都沒有開口，他只是害怕地不停胡言亂語。最終利元看著口吐白沫、即將昏倒的希斯金，放棄繼續說服他。

「之後只要有想說的話，都請打給我，我就留宿在前面的旅館裡。」

利元再次對嚇到站不起來的希斯金交代了一番。

「我們絕對不會讓你受到任何傷害，請不用擔心，我們會保護你的。」

利元語重心長地補充完，拿出名片放在桌上。他向依然軟腿的希斯金道別後，走出家門，利元鄭重且親切的態度就到此為止。當凱撒跟著出來，大門關上的瞬間，他立刻瞪大眼睛，轉過身去。

「我說過不可以看起來像個黑手黨吧……！」

利元一走出希斯金的家門，就大吼著朝凱撒奔過去，但凱撒用無所謂的態度回答了。

「我只是為了得到答案跟他交涉而已。」

「那是威脅吧！」

利元凶狠地瞪大眼睛質問。

「那把刀到底是怎樣？為什麼帶那東西來？」

「你沒說不能帶刀啊。」

「不能帶槍，那刀當然也不行啊！這兩個有什麼不同?!」

他到底是怎麼帶著刀上飛機的？

利元雖然很訝異，但正在氣頭上，他在凱撒再次說出廢話之前快速說道。

「你到底是想幫忙，還是想搞砸官司？而且你差點折斷了他的手臂！」

聽到利元的責罵，凱撒冷冷地笑了。

「如果我不那麼做，你可能已經死了。」

這是事實，所以利元這次也無話可說，他雖然一臉不悅，但很坦然地接受了。

「那個倒是謝謝你。」

凱撒立刻覺得有趣地笑了。

「你會不會太容易認輸了？」

利元的怒火再次湧上，用銳利的視線瞪著他。

「那是兩碼子事，總之我警告過你了，如果再做那種事，我就把你的刀搶過來插在你的胯下，聽懂了嗎?!」

看到利元等待回答的視線，凱撒笑了。

「你現在這才是威脅。」

「不是，這是警告。」

利元用「再發生這種事就決不原諒你」的眼神瞪了凱撒後，轉過身去。看著利元氣憤地大步走著的背影，凱撒露出溫柔的微笑。

６６６

希斯金躲在窗簾後面，觀察著快步走遠的利元和跟在後頭的凱撒。

該怎麼辦？

他不禁全身發抖，背上流著冷汗，手神經質地一直摸著針織外套上的鈕釦，他真的害怕得不得了，都逃到這裡了，竟然還是被找上門來。

他的腦海裡迴盪著利元留下的話，其中最讓他震驚的果然是貝爾達耶夫的死。是誰？為什麼要殺了他？他知道受羅莫諾索夫庇護的貝爾達耶夫，因牽扯貪汙而正在被暗中調查，就是因為那樣，自己才會逃到這裡來的啊！但他竟然死了。

市長死了，那接下來會怎麼樣呢……?!

希斯金快速動著腦筋，臉色立刻變得慘白，如果事情變得麻煩，組織一定會馬上出手，搞不好貝爾達耶夫也是羅莫諾索夫那邊幹掉的，因為怕跟貪汙相關的調查可能會危及組織。

他已經沒時間想那麼多了，在被某個人殺死之前，一定要找到人保護自己。他瞬間想起剛剛威脅自己的男人，全身再次起了雞皮疙瘩，接著卻想起自稱律師的另一個男人。

希斯金開始盤算著，現在還有機會，如果他全部說出來，那個男人應該會想辦法幫助自己吧？他的腦中浮現出利元制止威脅自己的金髮男人，想盡辦法說服自己的樣子，覺得他還算值得信任。下定決心的希斯金為了找出利元放在桌上的名片，急忙轉過身去，就在這時。

他的額頭碰到一個冰冷且堅硬的東西，嚇到的希斯金愣在原地，瞪大眼睛。只開了一盞小燈的陰暗臥房裡除了他以外，還有另一個男人。希斯金一臉慘白地僵在那裡，別提進來的聲音了，他連靠近的腳步聲都沒聽見，這個男人究竟是誰……?!

希斯金想著「不會吧」，好不容易才用顫抖的聲音開口。

「你、你……是、是誰？」

男人在黑暗中露出微笑，奇怪的是，男人溫柔的微笑有種更加驚悚的感覺。

「這個你應該更清楚吧，希斯金。」

男人把槍口壓在希斯金的額頭上，希斯金張大了嘴巴，但因為恐懼而什麼聲音都發不出來。不會是他們派來的狙擊手吧?!

「該、嘎不會是、羅……羅莫……」

聽到希斯金好不容易擠出幾個字，男人用平穩的表情笑著回答。

「再見。」

冰冷的槍口隱約發出聲音，洩氣般虛無飄渺的聲音響起，不久後又恢復一片寧靜。

他們好不容易回到了旅館，等著利元的老闆娘親自帶他們去房間。好想快點躺到溫暖的床上，暖暖身子，利元顫著還留有寒氣的身體，想著得先去洗個熱水澡。

「請進，這裡雖然很小，但是個好房間喔。」

老闆娘帶他們來到房間，將門大大敞開。她說的沒錯，除了「好房間」這句話。

利元站在散發著霉味的房間前，無言地看著裡頭。處處都有裂痕的牆壁感覺隨時都會裂開，角落長著黑色的黴菌，牆壁各處還有塗鴉，地板上甚至還有白白的灰塵。

就算其他的都不管好了，只有一個他真的無法接受，那就是床。他不發一語地呆呆看著床，怎麼想都覺得太誇張了。

不管是再怎麼小的旅館，放上下鋪會不會太過分了？

「那個，老闆娘。」

利元叫住笑著轉過身去的老闆娘。

「真的只剩這間了？沒有其他房間了嗎？」

聽到利元急切的提問，老闆娘露出尷尬的微笑回答道。

「現在只剩下這個房間了，其實這個房間不常使用，但因為是旺季……客人實在是太多了。」

利元在絕望中好不容易找到唯一一個好處，那就是不至於凍死。

「住宿費我會算你們便宜一點。」

她親切地說完就轉身離開了。利元用虛脫的視線再次看向房間，表情為難地嘆了口氣，突然把視線轉向凱撒。

道。

凱撒沉默地站著打量著房內，利元心想他這輩子可能是第一次見到這種房間，開口

「你是第一次在這種房間過夜吧？」

可是卻出乎他的意料。

「不是。」

聽到他漫不經心的簡短回答，利元眨著眼睛抬頭看他。

「你以前也住過？什麼時候？」

凱撒想了一下，回答道。

「四歲、七歲，還有十二歲的時候。」

那微妙的間隔讓利元驚訝地問道。

「是當時家裡狀況不好嗎？」

他有點擔心自己是否問了太過私人的問題，但凱撒沒什麼反應地說了一句「不是」。

「我是被綁架的。」

這番意外的話讓利元嚇得直盯著他。

「被綁架三次嗎？」

聽到他慌張地詢問，凱撒這次也爽快地回答。

「兩次是綁架，一次是生存戰。」

凱撒不帶感情地說。

「萬一被擄走、遭到監禁，就要靠自己的力量逃跑，所以學了一下。也多虧這樣，十二歲時我很輕易就逃脫了。」

利元聽到令人無法置信的話，愣愣地望著凱撒，突然覺得他的存在真的很遙遠，雖然知道他是完全不同世界的人，但是這樣的真實感還是第一次體會到。

「你說被綁架？是為了錢嗎？」

利元雖然知道這樣不禮貌，還是忍不住問了，但凱撒完全沒有想要隱瞞或是感到介意的意思，他回答道。

「不是，是因為羅莫諾索夫隨時都想要殺了我，雖然每次都失敗。」

凱撒就像在說別人的事情般補充道。

「但搞不好哪天就成功了。」

利元說不出話來，只是出神地望著凱撒。房間內的電話剛好響起，利元邁著不情願的腳步，進入房間。

「請問你們需要用餐嗎？」

聽到老闆娘輕快的聲音，利元適當回答後掛上電話。他再次環視了房間一遍後，馬上就放棄了。也沒別的選擇啊！利元嘆了口氣。

「上還是下？」

聽到利元轉身問道，凱撒露出詭異的微笑。

「我可不喜歡在下面。」

「我是指床位啦！」

聽到利元大吼，凱撒輕輕聳了聳肩。

「我從來沒有讓出上面的位子過。」

利元忍住想要立刻跳到上面占領床鋪的衝動，一屁股坐進下鋪。現在就開始煩惱該怎麼度過漫漫長夜，窗外不斷傳來呼嘯的風聲。

ᘓ ᘓ ᘓ

即使在床上躺了很久，利元還是睡不著。除了對床感到不習慣，也覺得有些不舒適外，他更在意的是聲音。不只是風吹過去就會陣陣作響的窗戶，上面傳來的聲音也很令人在意。

每次翻身時，老舊的床就會嘎吱作響，凱撒可能也睡不太著，他很常翻身。每當他挪動身體，傳來的嘎吱聲都會引起利元的注意。

像這樣對方的呼吸聲都那麼在意的情況還是第一次，在冷清的房間裡要移動身體非常困難。他想悄悄換個姿勢，床鋪就會立刻發出聲響，讓他只能馬上停止動作，豎起耳朵，等上面沒有傳來任何聲音，他才小小聲地嘆了口氣，卻又會傳來等待已久似的小小嘎吱聲。

就像在回答般，凱撒挪動了身體。利元身在黑暗中，卻很清楚他的身體是如何移動的，每當凱撒的床發出聲音，利元就會有實際在眼前看到的錯覺。

即使分為上、下兩個空間，利元卻能感覺自己每根寒毛都為凱撒的存在而豎起。他們一句也沒有交談，只是聽著窗戶吵雜的晃動聲，和偶爾傳來的床鋪嘎吱聲。

不知道過了多久，不小心睡著的利元再次聽到木床的聲音，醒了過來。他眨著眼睛躺著，突然感受到一股動靜。利元盡可能不發出任何聲音地躺好，上頭再次傳來聲響，但有別於之前的聲音，他正在移動。

利元無聲地吞了吞口水，全身用力。嘎吱聲變了，凱撒正在爬下梯子。利元急忙閉上眼睛裝睡，凱撒踩在地板上，嘎吱聲停止了。

利元感受到凱撒俯視自己的視線，拚命壓下呼吸。以緊張急促的呼吸裝睡真的很不容易，利元在被子裡握緊拳頭，控制著呼吸，凱撒就這樣不動了好一陣子，之後才轉過身去。

利元感覺到他步步遠離，不過並沒有離開房間。他屏息專心傾聽，聽到了開衣櫥的細微聲響，他輕輕瞇起眼睛，透過窗戶照進來的朦朧光線可以確認到他的樣子。

凱撒背對著他，從大衣裡拿出某個東西。利元皺著眉頭眨眨眼睛，不久後轉過身來的凱撒手上拿著他常用的克拉克手槍。

結果他還是帶槍來了啊。

利元知道他以若無其事的表情騙了自己，覺得很火大，不過都什麼時候了，又不能立刻跳起來質問他，剛剛應該要假裝剛醒來的。當他壓抑著內心的怒火時，凱撒邁開步伐，利元慌忙地閉上眼睛，再次裝睡。

他要做什麼呢？

焦慮和恐懼把呼吸都打亂了。

利元瑟縮著身體，非常緊張，但凱撒只是經過他旁邊而已。利元再次瞇起眼睛，看到他靠坐在窗臺上。玻璃窗被風吹得陣陣作響，他卻沒有任何反應，只是靜靜看著窗外。利元屏息看著他，但是他就這樣坐在那裡，一動也不動，僅僅拿著手槍看向窗外。

他到底在做什麼……？

利元皺眉眨著眼睛，看到他一動也不動，不禁焦躁了起來。他想要悄悄移動一下身體，凱撒卻突然回過頭來，讓利元嚇得停住了動作。他感覺到凱撒盯著自己的視線，拚命穩住了呼吸，甚至擔心自己的呼吸聲會不會比風聲還要大。

不久後，全身緊繃的利元又輕輕瞇眼偷看，發現凱撒再次看向了窗外，不禁鬆了一口氣。利元完全搞不懂他在做什麼，擅自帶槍過來，現在又打算整晚都坐在窗邊嗎？利元雖然無法理解，但又無法問他。

整個晚上都重複著這樣的過程，一直看著窗外的凱撒偶爾會回頭看看利元的床，這時利元就會慌忙地閉上眼睛裝睡，過不久睜開眼睛，就看到他再度看向窗外。凱撒什麼都沒有做，利元卻在意得不得了，最終利元就這樣一整晚都沒睡著。

ꩰ ꩰ ꩰ

「呼啊～」

利元又打了個哈欠，已經不知道打了第幾次了，他眨著眼睛擠掉積在眼角的淚水，慢吞吞地切開鬆餅放進嘴裡。他們是為了吃早餐才下來的，而餐廳裡已經坐滿了其他客人。

幸好利元發現了空位，而他坐下來後也一直止不住哈欠。他喝了一口很濃的咖啡，精神卻依然很恍惚，利元吃力地眨著沉重的眼皮。

啪。

輕快的彈手指聲音在眼前響起，他急忙睜開眼睛，凱撒用一副覺得好玩的眼神看著他。

「你是要吃還是要睡，選一個吧。」

這都是誰害的啊？

「我兩件事都可以做。」

利元口氣充斥著不滿，正想要拿起裝有糖漿的瓶子，卻把它打翻了。他急忙扶起瓶子，但糖漿已經沿著桌子滴到了地上。

「哎呀。」

坐在隔壁的男人不禁發出感嘆，兩滴糖漿流了下來，很快將他的褲腳染成了咖啡色。

「不好意思，我手滑了……」

利元急忙道歉後抬起頭來，看到熟悉的臉孔就愣住了，原來是昨天和自己同時辦理住宿的男人，名字是……？

「是昨天同時辦理入住的人啊。」

雷歐尼得先打了招呼，利元後來想起了他的名字，急忙開口。

「對，雷歐尼得先生，真的很抱歉，你還好嗎？」

雷歐尼得爽朗地笑著擺了擺手。

「沒關係，請不用在意，這沒什麼。」

雷歐尼得簡單地帶過後問道。

「請問你的名字是？」

「我叫利元·鄭，很高興認識你。」

兩人簡單握過手後，雷歐尼得說話了。

「昨晚風真的很大，我還懷疑窗戶會不會掉下來。我想利元先生也沒睡好吧？」

「對，很不幸的。」

利元在心中埋怨著凱撒，接著說道。

「雷歐尼得先生的狀態看起來比我好很多呢。」

雷歐尼得露出愉快的微笑。

「我下來之前又睡了一覺。我旁邊的位子是空的對吧？因為我剛剛打翻了咖啡。」

「天啊，看來我還算是好的了。」

利元笑出聲來，雷歐尼得也跟著笑了，只有坐在利元另一邊的凱撒沒有笑。他面無表情地看著利元和坐在旁邊聊天的雷歐尼得，他的表情和昨天朝著自己笑的樣子完全不同。

凱撒用試探的眼神凝視著雷歐尼得，雷歐尼得把自己的糖漿拿起來，用「你需要嗎？」的眼神看著利元，利元立刻伸出手來，而他正想要把糖漿遞過去。

「啊！」

結果糖漿灑在了利元的手上，雷歐尼得驚訝地叫了出來。。利元沒多想地低頭看了看自己的手，他卻突然抓住了利元的手。

「糟糕，我又犯錯了。」

凱撒的表情瞬間改變了，他一直盯著抓住利元的雷歐尼得的手，利元卻沒注意到那股視線，開口道。

「沒關係，我剛剛也犯了同樣的錯誤。」

「這樣我們算是扯平了嗎？」

「說不定我馬上又會超前。」

聽到利元的開玩笑，雷歐尼得大笑出聲，此時他也一直沒有放開利元的手。

「你的手很適合彈鋼琴呢。」

雷歐尼得摸著利元的手說出的話，讓利元不禁皺起眉頭，接下來他做出的行為不只是利元，連凱撒也完全未能預料到。雷歐尼得的嘴唇突然貼到利元的手上，凱撒瞬間像石頭般僵住了，利元也嚇地愣住在了原地。他伸出舌頭，舔了手背上的糖漿，利元全身起了雞皮疙瘩，雷歐尼得對著一臉蒼白的利元笑了。

「真甜。」

利元感受到背後的殺氣，急忙抽出手來偷瞄了一下，不知何時，凱撒已經站了起來，用可怕的眼神瞪著雷歐尼得。利元瞬間有了不祥的預感，急忙起來站在兩人之間，他現在顧不得吃早餐了，要立刻離開這裡。

「那麼雷歐尼得先生，我先告辭了……」

「利元先生。」

雷歐尼得站起來，叫住打算轉身的利元，他將某個東西交給了不知所以然的利元。

「你有東西忘了帶走。」

利元伸出手來，雷歐尼得把東西放在他的手掌上，還讓他握起了拳頭。看到雷歐尼得微笑著，利元歪著頭打開了手掌。手掌上東西摸起來圓圓的，當他看到後，對這個意外的東西感到有點訝異。

鈕釦……？

歪著頭的利元想要問雷歐尼得時，他已經不在了。利元用微妙的心情看著不屬於自己的鈕釦。

總覺得在哪裡看過。

利元仔細觀察完尾端磨損的圓鈕釦，把它放進口袋裡走出了餐廳，總覺得有點不對勁。

從離開旅館之前凱撒的心情就不太好了，全身散發著不高興的氣息跟在利元後頭，而利元沒有理會他。比起昨天昏暗的道路，今天走起來感覺近多了，他們沒多久就抵達希斯金的家，利元很快地走到大門前按下門鈴，等待著能聽到腳步聲，屋裡卻非常安靜。

「希斯金先生，你在家嗎？我是昨天來訪的律師。」

利元大聲喊道後再次等待回應，這次也沒有傳來任何聲音。利元總覺得有不好的預感，用拳頭敲了敲門，依然沒有變化，他猶豫著轉動手把，卻看到門沒上鎖而嚇了一跳。

「希斯金先生？」

利元猶豫著打開門呼喚著屋主，可是依然沒有得到回答。他小心翼翼地走進家裡，屋內縈繞著沉重的死寂，完全沒有前一天的溫暖，冰冷的寒氣讓利元不祥的預感更加放大。鼻尖突然聞到了不好聞的味道，當他不自覺地皺起眉頭時，凱撒擋在他面前。

「別動。」

聽到意外的命令，利元反射性地停住了，而他很快就知道了理由。狹小的客廳跟昨天看到的差不多，除了一條流到凱撒腳前的血跡之外。利元嚇得立刻沿著血跡移動視線，發現坐在椅子上的希斯金，但是，他已經無法再說任何話了。

「希斯金先生……！」

利元原本想要衝過去，但被凱撒攔住了。

「太遲了。」

「你怎麼知道？」

聽到利元的抗議，凱撒用陰森的聲音說道。

「腦袋被轟掉一半，他還活著就不是人了。」

他說的沒錯，飛濺的血肉把四周弄得一團亂，希斯金一動也不動地被綁在椅子上，就像是被處決般，頭部中彈身亡。

「是誰做了這種事……」

凱撒聽到利元失神地呢喃，不發一語，只是瞇著眼睛看著屍體。他之前也看過死法相同的屍體，屍體頭部中槍，被綁在椅子上，那是羅莫諾索夫組織獨有的處刑方式。凱撒皺起了眉頭。

年邁的獅子該不會……

凱撒用感到不太對勁的心情看著屍體，利元移動腳步的樣子卻映入眼簾。

「你等一下。」

凱撒很快從西裝外套裡掏出克拉克手槍，理所當然似的把利元藏在背後，靜靜走著。利元看到他那個樣子，不禁起了雞皮疙瘩，他立刻變回了黑手黨，就像一開始見到那樣。

全身的寒毛就像當時那樣豎了起來，凱撒沒有說話，單手拿著手槍，身體貼著牆壁來回觀察屋內，明明看得到他在眼前移動，卻完全聽不到腳步聲。利元陷入彷彿在觀看古老無聲電影的錯覺中，屋子裡最大的聲音，好像就是自己的呼吸聲。

利元轉移視線，不遠處有希斯金的屍體。他屏住呼吸，小心翼翼地伸出手來，悄悄地把手放在希斯金的鼻子下方確認呼吸，把手移到脖子上確認脈搏，果然沒有在跳動。利元咬著嘴唇，再次低頭看向屍體，凱撒說的沒錯，頭有一半都被轟掉了，不知道自己是在期待什麼。

就在利元感到失落時，他突然停住視線，扣好的針織外套上的第二顆鈕釦不見了。瞬間，利元急忙翻找著口袋，拿出了鈕釦，邊緣磨損的鈕釦和針織外套上其他的釦子一模一樣，利元猶豫地移動著視線，確認到缺少的鈕釦位置後，整個人都冷冰冰地僵住了。

從屋子深處走出來的腳步聲傳來，凱撒不同於剛剛，發出聲音地走了過來。

「沒有其他人。」

利元沒有回應，凱撒覺得他有點奇怪，便朝他走了過來。

「怎麼了？」

利元的視線依然固定在屍體上，把鈕釦遞了出來。凱撒看著鈕釦，心想這是什麼東西時，利元開口了。

「這是早上雷歐尼得先生給我的。」

瞬間，凱撒的眼神變得銳利，利元接著說道。

「他說是我忘了帶走的。」

凱撒什麼都沒說，沉默著把鈕釦還給他。利元不可置信地回頭看向凱撒。

「難道是真的嗎？那個男人真的……」

「你明明是律師，還真沒有看人的眼光，也太容易相信別人了吧？」

凱撒稍微諷刺完後，瞥了屍體一眼開口道。

「這是專業狙擊手的手法，身手很不錯。」

屋裡沒有留下任何痕跡，如果沒有屍體，說不定會以為是希斯金逃跑了。不過他人在這裡，變成了屍體等著他們。利元咬住嘴唇，抬頭看向凱撒。

「你該不會早就知道了吧？」

凱撒漫不經心地點點頭。

「從一開始。」

「一開始？……在櫃檯遇到的時候？」

「不。」凱撒說道。

「是在門口碰到的時候。」

從那時開始?!利元驚訝得眨了眨眼睛，凱撒若無其事地繼續說道。

「那傢伙從頭到尾都很可疑。」

凱撒像是突然想到某件事般瞪著利元。

「可是你……」

利元正等著聽他要說什麼，凱撒就不再說話了，只是瞪了利元一眼，馬上轉移了視線。

「我們先離開這裡比較好。」

突然改變話題的凱撒抓住利元的手臂轉過身去，利元好不容易才從屍體身上轉移視線，邁出步伐。都已經來到這裡了，竟然是這種結果，黯淡的心情旋即湧上。那時為什麼就回去旅館了呢？應該要想辦法說服他的。利元感到挫敗地咬住嘴唇，接下來該怎麼辦才好……凱撒瞄了利元一眼後說話了。

「沒辦法，只能先回去了。」

走出門口後，凱撒抬頭望向天空。

「很快就要下大雪了。」

利元不經意地抬起頭來，就在那時，凱撒突然愣住了。正在想事情的利元沒注意到他的動作。凱撒突然對著呆呆看著天空的利元大叫。

「快閃開！」

還沒來得及反應，凱撒就先抱住了利元，震耳欲聾的槍聲同時響起，四面八方的牆壁都裂開了，玻璃噴飛。利元被凱撒抱住，直接摔倒在地上，雖然嚇得瞪大了眼睛，卻無暇觀察周遭，子彈就打在眼前的地面上彈跳，結凍的土地像冰塊般碎裂開來。

快速的槍聲持續傳來，到處都被打爛了，碎片飛濺四散。凱撒緊緊抱住利元，用身體包住他的身體，靜靜趴在地面上，驚悚的槍聲不斷在耳邊響起，精神很快也變得恍惚。

「快跑。」

利元連攻擊暫時停止了都沒發現，凱撒立刻把利元扶起，抓著他開始跑了起來，而利元也急忙追隨在後。

目標的反射神經相當出色，躲藏起來狙擊目標的雷歐尼得看到他們從瞄準之處快速逃跑的身影，把自動步槍放了下來。他的神色完全不見著急，把使用完的步槍放進包包裡，這次拿出了手槍。

這次的狩獵似乎會很有趣呢。

他哼著歌，從矮山坡上走下來，朝著目標逃跑的山上走去。

൭ ൭ ൭

呼，呼。

利元急促地喘著氣，好不容易停了下來，感覺自己快要斷氣了。他勉強睜開眼睛看向前方，臉色蒼白的凱撒望著遠方的某處。四周只有被雪覆蓋結凍的石頭，和幾棵恣意生長的針葉樹堅強地豎立著，光禿禿的山上幾乎沒有可以藏身的地方。

凱撒全神貫注在聽覺上，那個人一定會追過來，剛剛的射擊肯定只是單純想嚇嚇我們，就像是貓玩弄老鼠般，他想把目標逼到絕境，悠閒地打獵。

真是個危險的傢伙。

凱撒心想，這個人是相當厲害的狙擊手，一定是接受某人的委託才開始行動的。他的目標是我，還是……

比起盤算，本能瞬間先做出了反應，凱撒緊抱著利元，同時蜷縮在地上，接下來才聽到聲音，隱約的窸窣聲傳來。是人還是野獸？凱撒壓抑住快速跳動的脈搏，握緊了手槍。

利元屏息匆匆地想著事情。開槍的是雷歐尼得先生嗎？果然是他吧，他的目的是什麼？不是只有希斯金先生嗎？還是他只是在恐嚇我們？到底有什麼目的……！

利元像是在期待他回答般，望著凱撒的側臉。從面無表情的凱撒身上感受不到恐懼、顫抖或焦急，表情淡然得好像他本身變成了一把武器，讓利元不知為何又感覺到了距離感。

在這極端的情況下，凱撒竟然能表現得如此平靜，好像這種事就跟早上起床一樣稀鬆平常。好一陣子沒有動作的凱撒把槍放了下來，嚇得眨著眼睛的利元突然發現從遠處悄悄經過的貓，那時他才察覺到剛剛的聲音是來自於那隻貓。

暫時沒有動靜的凱撒突然把利元推開，利元看到凱撒脫下大衣，嚇了一跳。天色很快就變暗了，連風也會變大，凱撒露出薄薄的西裝，把外套推給自己。

你在做什麼？

利元用口型叫道，凱撒沒有回答，只是用手指示意他安靜。利元沒辦法，只能閉上嘴，但他又嚇得倒抽了一口氣。凱撒的西裝上沾染著大片血跡。

「受傷了嗎？」

他不禁問道。凱撒皺起眉頭，立刻用手摀住利元的嘴巴。

待會再說。

凱撒用口型說完，沉默著豎耳傾聽。利元無法再開口詢問，只能驚訝地眨著眼睛。凱撒把手拿開了，而利元依然閉著嘴巴。

待在這裡。

凱撒無聲地說完，立刻起身，以樹和石頭當作掩護移動。利元立刻了解了凱撒脫下外套的理由，他脫掉包裹全身的厚外套後，身體才能輕盈地到處移動。

利元照著凱撒的話，待在原地一動也不動。不過再這樣下去，比起狙擊手，失溫症應該會先來臨，利元不知道哪一邊更危險。他的嘴唇已經被凍得發紫了，不過他滿腦子只想著凱撒受傷的事情。他在逃跑之前就受傷了嗎？應該沒錯吧？到底傷得有多重？流了那麼多血，應該傷得不輕。

是從肩膀開始出血的，證據是凱撒不是用慣用手，而是用另一隻手握著手槍。

萬一傷到動脈……

利元急忙停止不好的想像，凱撒的視線固定在某處，感覺到他的身體變得僵硬。凱撒把槍口指向一個方向，利元瞬間嚇了一跳，反射性地看過去，潮溼陰森的樹林那邊什麼都看不到，也聽不見任何聲音，凱撒卻將槍口直指著那裡，連眼睛都不眨一下。

黑暗籠罩下來，他的臉像雕像般蒙上陰影，聚集著厚厚雲層的灰色天空發出不尋常的聲響，開始下起雪來。如花瓣般紛飛的雪花觸碰到凱撒的臉頰時，他立刻扣下扳機。

震耳欲聾的槍聲響起，震動著空氣，連續的槍聲很快地爆發開來，讓急忙趴下的利元扭曲了臉。他完全無法得知是誰在哪裡開了槍，是凱撒在開槍，還是在單方面承受對方的狙擊，他都分辨不出來，只是摀住耳朵，躲避撼動整個森林的槍聲。

利元突然聽到某人奔跑過來的聲音，嚇了一跳地抬起頭來，凱撒來到他的面前，立刻抓住他的手臂把他拉走。利元沒有錯過急忙站起來的時機，緊抓住凱撒的大衣。不知不覺間，越下越大的雪像薄霧般把整個森林都包圍住了。

地上的雪混著未乾的血滴，雷歐尼得出神地俯視著那個痕跡，抬起頭來。

沙皇，果然名不虛傳。

他不禁感到佩服，在這種情況下還能帶著同伴躲藏起來，一如傳聞，果然是他父親薩沙嘔心瀝血培養出來的傑作。

雷歐尼得瞇起了眼睛，這件事不包含在委託項目裡，但是他心癢得不得了。如果可以射中那個男人的心臟，把他的頭轟掉，血肉四處飛濺，那該有多興奮啊？

光是用想像的就很刺激。雷歐尼得沿著逐漸滴落的血跡，慢慢走了過去。

——《薔薇與香檳01》完

高寶書版集團
gobooks.com.tw

CRS043
薔薇與香檳 01
장미와 샴페인

作　　者　ZIG
譯　　者　葛增娜
封面繪圖　鍋煮
編　　輯　王念恩
美術編輯　林鈞儀
排　　版　彭立瑋
企　　劃　李欣霓

發 行 人　朱凱蕾
出　　版　朧月書版股份有限公司
Hazy Moon Publishing Co., Ltd.
地　　址　臺北市內湖區洲子街 88 號 3 樓
網　　址　www.gobooks.com.tw
電　　話　(02) 27992788
電　　郵　readers@gobooks.com.tw（讀者服務部）
傳　　真　出版部　(02) 27990909　行銷部 (02) 27993088
郵政劃撥　19394552
戶　　名　英屬維京群島商高寶國際有限公司臺灣分公司
發　　行　英屬維京群島商高寶國際有限公司臺灣分公司
初版日期　2024 年 2 月

國家圖書館出版品預行編目 (CIP) 資料

薔薇與香檳 / ZIG 著；葛增娜譯 . -- 初版 . -- 臺北市：朧月書版股份有限公司出版：英屬維京群島商高寶國際有限公司台灣分公司發行，2024.02
面；　公分 . --

譯自：장미와 샴페인

ISBN 978-626-7362-42-6（第 1 冊：平裝）

862.57　　112021343